紅字團

駱以軍／著

聯合文叢 052

自序

駱以軍

這一本書裡收的六篇小說，最早的〈紅字團〉寫於七十七年大一暑假，最近的〈手槍王〉也已是快兩年前的作品了。如今讀來，很多地方真是皺眉不已、尷尬地吃吃笑，但也有一點輕輕的新奇和感動。那時的自己，真的很相信，寫一篇小說，可以把好多問題的反省都盛裝在裡面了。角色的移位、鏡像關係的曖昧、推理的突兀和驚嚇……，在敘事腔調猶因生澀而常發出刺耳的刮磨聲時，便很相信「小說」這玩意兒是有一和前代作品相互對話的難度累積、而不成熟地什麼材料都倒下鍋去。

我的一些朋友猶在寂寞地寫著，他們不能自拔地困惑著創作者位置的下降，悲情的神話姿勢也不像我的老師們那般理直氣壯地衝突畢現。寫作似乎只有仰賴社區集團的方式支撐著。我想起自己在寫這些作品時，是多麼擔憂很多年後，有沒有人去理會它們？而如今連我自己都不很記得，最早的幾篇是在什麼想法下寫成的。慢慢在學習寫作的快樂即在那些人臉和人臉間交互流逝的表情，用好聽的故事去說，不那麼結構森嚴。

雖然這本書並來不及做到。

目次

紅字團

這一版的頭條，赫赫兩行大字……

兩國中女生陳屍國小教室
雙手遭綑綁慘遭兇徒勒斃

【W城訊】台北縣W城國小教室裡，雙手被綑綁，眼睛被蒙住，警方研判可能是抗拒歹徒玷辱而遇害。警方調查，昨天清晨七時許，W城國小四年甲班學生黃大年打開教室門時，赫然發現教室講台上有二具屍體，立即向老師張凡東報告，張老師馬上向警方報案。

兩名死者下身赤裸，眼睛和嘴巴被男用內衣撕成的布條綁住，雙手一個被跳繩的繩子綑綁，一個被童子軍繩綑綁，頸部也同樣被綁……

這一行的左邊，貼了兩張照片，並且註明上方瓜子臉的清秀女孩是程琳，下方圓臉倚樹著旗袍的是不知名的女孩（照片自她皮包中尋得）。

新聞中提到，程琳的父母向警方說，前天上午七時許，這名不知名的女孩來找程琳，好像聽說是她小學同學，約了共騎腳踏車外出，說要去找她離家出走的母親，結果一去不返。

新聞中並且還提到一點：兇手的殘暴令人髮指，然而這兩名女生是爬窗進入教室，警方懷疑，這是一個「死亡約會」。

同一版的下角，有另一則小得可憐的新聞。報導一名吧女被四名酒客灌醉後帶出場，經輪暴後，吧女在激憤中將其中一名酒客用菜刀砍死並自戕。經急救後，該女已脫離險境……

然而，和上一則姦殺案相較，該則就極少閱報人青睞，甚至在不巧瞄過一眼後，會認為這大約是記者自己編撰的消息，湊滿版面罷了。

他將油條吃掉，吮了吮手指，把油透的報紙揉成一團，輕輕地說：「唵。」

A

「好恐怖啊。」J輕輕嘆息。她是這一群人裡唯一的女子，一頭長髮，披瀉在兩肩上。

說這話的時候，或許有些許撒嬌的成分在內，然而面對的是這樣一則讓男子也要駭然色變的新聞，因此叫人不能懷疑她由驚怖所產生的自危。

「唉，現在人呵——一點人性都沒了。」

「是啊，世風日下啦！」

「就這樣了嗎？」K說，語氣是憤憤不平，然而他的眼裡，卻有著掩抑不住的興奮在閃爍：「這就是你們讀了這個新聞的感想嗎？你們讀完了報，例行地感嘆了一下社會的混亂，就把報紙丟開，繼續投入忙碌的生活，然後——等到下一個更慘更刺激的新聞出現……」，

「不然要怎樣呢？大思想家，」讀森林的A笑著說：「難道要我們武裝起來，打擊犯罪嗎？我們也不過是構成輿論的一部分罷了。」

「輿論？哈哈，對，輿論就是圍繞著新鮮事講。每天的報紙上都是眼花撩亂的犯罪案件，同樣的模式，同樣的手法，為什麼你們不會感覺恐怖，因為你們習慣了。同樣是強暴是殺人，為什麼偏就這一則你們覺得恐怖？因為被姦殺的是兩個女生，陳屍的方式又是這麼詭異。如花的少女被姦殺，這樣的事件本身就具有感官上極大的刺激，不是嚒？如果被姦被殺的不過是一個村婦或下女什麼的，且陳屍處也不過如所有過去的案例，什麼旅館啦，空屋或河裡，你們還會覺得恐怖嗎？」

「這些問題，本就該留給你們這些人去思考。啊，你不要對我噴烟——譬如說，環保問題。輿論造成群眾對環保的共識，這是輿論的教育意義。但是，有關於如何防治汙染，如何

去保持生態的恆定，這些真正牽涉到專門理論的東西，就是生物學家的工作了。你沒有必要過度肥大輿論所擔負的責任。」

「唔，唔……不對，不是這樣的……」K懊惱地說，用手將菸蒂在菸灰缸裡狠狠捺扁。觀戰的J為著K這樣一個動作咯咯笑了起來。然而她發現另一邊一直沈默的G，用著他那叫人喘不過氣的迷人眼神，深深看了她一眼。便閉了口，嫻靜地垂下頭來。

「我同情K的說法，」英俊的G用著優雅的聲調說話了。他頓了一頓，確定大家都抬起頭聆聽，才繼續說：「這原本是兩回事。環保意識的抬頭，是這幾年的事，原也是附隨著工業文明產生的結果。在這一點上，輿論確實是有它表面推廣的功能和背後技術性的界限。然而，如K所說，勒擄姦殺的事自古有之，問題是傳播媒介的渲染強度，人們漸漸地對罪惡感覺疲乏。我記得小時候有一次什麼分屍案，就弄得人人聞之色變，一直到破案以後好久，還是大家疾言厲色的話題。現在呢？這樣的案子不斷地出現，被姦殺的女子，年齡從二十、十幾一直降到個位數字。這原是最原始的人性的問題，不應該氣定神閒地把它當成一個『學問』來看，什麼『交給專家去思考啦』。這是我個人的一點看法，嘿嘿。」

啊，多麼感人的一席話呀！J幾乎要迎身向G熱情地鼓掌了，多迷人的臉龐呀，真是上帝的傑作。然而，當她發現其餘的人都默不作聲，只是低頭沈思。便只好向G投去一瞥她飽含讚賞和同情的目光，然後也低著頭，作出努力思考的模樣。

「對，呀……不對，不是，前面……對，但是後面不對……嘿，我不是這個意思。」K

一邊不知所云地嘟噥著，一邊痛苦地絞扯著頭髮。這副模樣，較諸剛才，似乎更為懊惱。這回，不僅是長髮飄逸的J，大夥兒全笑了起來。

K說：「嗐，嗐，你說得很對，但我要說的，是另一個問題。啊！對了，你們看，」他指著報紙下方那則小新聞說：「喏，同樣一個版面，同樣是強姦。這個風塵女子還是被四個酒客輪暴後才殺人的。可是，你們看了呢？是不是有一種幸災樂禍的嫌惡——屬於潔癖上的不快呢？我說的是，我們對於道德的判斷，是不是常常受到美感的價值所左右呢？一隻蝴蝶在蛛網上奄奄一息，你們會覺得不忍，可是若是一隻屎蠅或是白蟻什麼的，還會去同情嗎？

「小說裡，下海的舞女一手把妹妹帶大，大家會覺得她可敬可憫，但是萬一她和純潔的妹妹同時愛上了男主角，就覺得她是ㄉㄧㄥˋ ㄆㄟ，她該犧牲成全妹妹——完美的就該保持完美，腐敗的就把她扔開。同樣的，女生被姦殺，你們覺得恐怖，不過是由於這完全摧毀了你們美的協調；妓女呢？她本來就是殘花敗柳嘛，你們是不是覺得她何苦殺人呢？反正平常賣都在賣了……。但是，確實這兩個女生該得到比妓女更多的同情嘛？剝去她們外披的身分，能不能去揣度她們的人性？據說是其中一個約另一個出去，而且是她們自己爬進窗子的。會不會是由於情慾的衝突，使她設計誘她進去呢？」

「茶花女？」英俊的G突然打斷了K夢囈似的嘮叨：「張愛玲的小艾？地下室手記？還是太宰治的人間失格？

「你有沒有發現，再偉大的作品，那些筆下的悲苦的人，其實都是作者自己的化身。你

1

如何真正去感受那些沉淪中人內心的苦痛？去嫖？還是花錢告訴她說『我來聊聊天』？你說的『用全部情感去體會』，不過是利用她們那種慘不忍睹的處境，將你在安適的書桌前所受的一切思考訓練，作一番推演的遊戲。她們會去思索生命的意義嗎？哦，我是說環境有可能允許她們去思考嗎？思考了以後呢？她們能怎樣呢？

「你的這些『美的道德觀』或是『道德的審美觀』對她們有什麼好處？藝術和真實的人生，在此處，本就無可挽回地分裂了。事實上，再怎麼努力，對於她們，除了廉價的同情，便只有自作聰明的嘲謔了。我們是永，不，可，能體會，黑暗中那些各自孤立深藏的心靈的。」

有一會工夫的寂靜，大家都屏著氣，感受到這兩人對峙的緊張氣氛在膨脹。

「啊，不是的，不該是這樣就涵蓋過去的……」K激動地又銜上一根菸，點了半天卻點不著，原來他拿反了，把菸草那端含在嘴裡。

「停了吧，」飄逸的J疲倦地說，彷彿是懇求似地：「再爭下去，就變成意氣的詭辯了。」

「是啊，二位這樣滿口強暴啊妓女的，有沒有顧到在座還有一個女士哩，她已經受不了啦！」

大約是積壓過久的關係，遠超出這句話所期待的效果，大家全爆出了誇張的笑聲。於是氣氛開始輕鬆，換了幾個話題之後，大家感慨無限地講到，該死的呂明賜，什麼時候才會再擊出全壘打？

「等著瞧！」K忿忿地想：「我一定要從黑暗中，把那些最深的人性給挖出來。」

中元節附近的夏夜，人群中挨擦著，汗摀在黑尼龍紗質襯衫裡，悶得死人。該是髮油抹得太多了，後腦勺頭髮一綹一綹翻起，像浸在泥塘裡的爛草根。髮油融著汗，沿著頸子淌。

襯衫早給汗水浸透了，滑膩膩地貼住胸膛。個子高，抿著嘴，一臉潔癖似的不耐，東瞥瞥西閃閃，視線不知該放在那兒好。

在這條街上挨擠的女人，大約也不是什麼良家婦女，粉紅色的紗質衣衫，給汗一浸，淋漓盡致，黑色奶罩箍著熟爛的肉體。有意無意地，盡往他身下蹭挨而過。乳酪的酸味，還有濃郁的花露水氣息，一陣一陣往鼻孔裡扎。

他其實是極力抑制著自己的欲望。西裝褲做得太緊，布料似乎也不甚好，一步步走著，大腿內側就濕鹹鹹地跟著褲襠磨。

往巷子裡鑽了進去，黑愣愣的，沿邊一些四五十來歲的婦人，詫異地望著他。這條巷子確是少有年輕人涉足，提皮包倚牆而立的婦人，一個個，胖大黑蠢，露出鮮紅的牙肉和滿嘴金牙笑著。一個傴著背的老芋仔，正和其中一個穿紅衣裳的，十元二十元在殺價。

大多是這一帶的婦人，有的提了菜籃來試試運氣，運氣好作一次生意，賺的錢恰好省一頓晚餐；有的早已停了經血；大部分的已是該含飴弄孫的阿嬤了。

她們望著他，像望著兒子或孫子一般，空茫呆笨的眼裡有世故的善意。

「少年吔，走勿對啦。」其中一個說。

他為她們的誤解臉紅不已。他說：「借問一下，有一個阿貞是勿住這？」

「哪一個阿珍？」

「張、素、貞。」

「噢，素貞呵，你往這巷子走到底，有一家『天藍』旅社，你看伊有在那莫？」

他往巷子裡走，經過一些弄蛇人的攤子，一個男子把一隻鱉的頸子像扯住舌端那般抓住，用一副釘鍾，把它的腦袋釘裝，裝了一杯葡萄酒般的鱉血，請圍觀的人喝；他還和一群用鍊球、尖刀把自己砍得皮開肉綻的遊行乩童錯身而過；走到巷底的時候，差點被一團東西絆了一跤，原來是一隻白狗，口裡銜著一個賁張豔紅冠頂的雞頭。牠嗚嗚低吼，猥著身跑了。最後他看見一家「天天來」旅社，他試著請坐在外邊一個小女孩上去傳話。

過了一會，聽見一陣木屐的響聲，一個女人走了下來，撲滿白粉的臉像是不慎發酵過久的麵糰，迎著他，像要笑又要哭那樣淒怖地膨脹起來。

他還兀自在猶豫，她卻已認出了他。

2

「真沒想到會在這種場面相見。」他噴了一口菸，苦笑著說。

然而她只是遠遠隔了房間對角坐著，低下臉笑，居然是一副羞怯底模樣哩。不知道是不是職業化的表演，不過即使如此，此刻他的心情已放鬆不少。

「妳知道嗎？我找、找好久了。」

他沒有發現，她的身子劇烈地顫晃了一下。

怎麼還是不說話呢？他為著這樣一個刺激的局面興奮不已。只要她肯開口。

「啊，我說，燈光好像太亮了一點。」

「　　　　。」

「啊？什麼？我沒聽清楚呀。」

他趨上前，打算聽仔細些，才發現她仰起的臉面，一塌胡塗，盡是淚水。

3

她望著他青白凸削的下頷，上面不相稱地扎了一莖莖未刮淨的鬚髭，他滔滔不絕地講著一些她並不懂的事情。

她有一種恍在夢中的感覺。啊，這真的是他啊。而他又像和她隔得極遠。看他這般意氣昂揚地說著，不過是個二十出頭的孩子罷了——而她自己亦不過也才二十出頭，為何便蒼老痿爛至此？

她是十三歲便被帶到這裡，因此可資回憶的片段便只有小學時代了——而那時又是痛苦的回憶多。難得從黑暗深淵飄浮而起的一些沫屑，便為她所珍藏不已。

他，便是這些沫屑組成的夢中，唯一的男人。

有一回，學校作糞便檢驗，全班就她和班上當風紀的一個女生有蟲卵。老師皺著眉說：「張素貞得了蛔蟲我倒不意外，怎麼程琳也有分呢？」那個叫程琳的女生伏在桌上哭，頭上的蝴蝶結一震一震地顛。全班都轉過頭看那個平日得寵的女生，沒有人瞥她一眼。

她木著臉，嘴角的弧度稍向上揚，幾乎有些獰笑的意味。乍地發現一雙倉皇的眼睛趁亂向這瞄了一瞄。

忽然心上一凜，眼淚險險奪眶而出。她只覺得胸口慌慌地脹著痛，原來這世上還有他這一個人在關注著她，他真是她唯一的親人了。

放學的時候，她照常慢吞吞地抹著講台，同學們都散去了，程琳卻仍一抽一噎伏著哭。幾個死黨勸了幾句，訕訕地站在一旁。她突然忘了從前那些叫人發狂的忌妒和仇恨，異常熱心地湊了過去：

「程琳妳別哭了嘛，這又不是什麼重病，治不好的？」

程琳忽地一下猛抬起頭，淚漓漓怨毒地瞪著她，顫著聲說：「誰……像妳……妳媽是妓女，不要臉！」

說著乒呤乓啷，拎著書包甩頭就走。

「怎麼了，在笑什麼？怎麼一會兒哭一會兒笑的呢？不過呀，笑起來可是比哭要好看得多哩。」

他努力地頑皮，想化解這一個窘狀，然而愈發顯得生嫩和笨拙。她抬起臉，睨著他，吃吃笑了起來，居然像個害羞的少女那般，把臉埋在手掌裡。

這麼一哭一笑，確實拉近了兩人的距離。

「告訴我，你跑到這種地方來幹什麼？」

「我，」他漲紅了臉：「我來看妳。」

說謊。

她知道他在說謊，他應該不是那種逛花街的人，但是她知道他不可能單為了看她，就尋到這種地方來。其實就算是知道了他來的真正目的，又有什麼意義？她甚至懷疑，倘使剛才她不喊，他還認得出她嗎？

至於他的模樣，她已是在無數個苦痛的夜晚，咀嚼啃咬千萬次了。只要閉上眼，他的眼睛，他的笑靨，他臉上每一寸抖動的筋肉，甚至積著汗珠的毛孔，都會清晰準確地浮現出來。

4

在黑暗中剝光了衣服，客人的各式嘴臉也就赤裸裸地剝露出來。

有的進來時還兇神惡煞地嚼著檳榔，刻意賣弄著圓股股肩臂上龍飛鳳舞的刺青。一上了床，馬上像條熱哈哈的狗，從頸脖到腳底叭嗒叭嗒地舔遍，抹了她一身唾液。待爬上身，才沒兩下，便頹奄奄地癱了下來。

還有些白了髮的老先生，實在都可以作她老子的老子了。坐在床沿一逕呵呵笑著，侉著外省鄉腔，像問小姑娘那樣，慈祥地問她名，好大歲數了，可憐嗨這麼年紀輕輕來作這個……等到燈一熄，還不是猴急夭夭又啃又咬，像個孩子似地把頭埋在她那雙大奶裡。

她肥胖的身軀唯一可取之處便是那雙豪乳。十二三歲時胸脯便異常快速地膨脹起來，連學校裡用乳罩撐著襯衫的老師都自嘆弗如呢。

她早熟得快。

那時候，她實在也想不出老師怎麼能想出那麼多把戲來整人。

先是用藤條打，打斷了幾根，作業她照舊不寫。又改用沈甸甸的報夾打，打手心不成改打手背——奇怪是敲下去一點知覺都沒有，只聽到骨頭和木頭撞擊那種喀喀咔咔沈悶的聲響。

後來老師又想出一種絕招，用幾根鉛筆，交叉擱在手指關節間，雙手握住，逐漸用力壓緊。她跪了下去，像一個橡皮玩具那樣，隨著一下斷一下的壓擠，吐出一聲接一聲的哀嚎。

「沒關係呀，妳可以盡量不寫呀，可以啊，沒有人叫你一定要寫呀。」

老師微笑著，溫柔地說。

有一回，老師心血來潮，叫她站在講台上，當著全班的面把她裙子扯下，僅穿條小碎花三角褲挨板子。

啪。

啪。

啪。

突然，像失禁的尿似地，血水淋漓從下方湧出，染紅了整條內褲，淅瀝淅瀝沿著腿淌了下來。女生們掩面哭出聲，連一向冷靜的老師都給嚇怔住了。她卻只是呆呆站著，敞開兩腿，任下面的血水暢意直流。她覺得有種漠不關己的感覺，像在看別人的事一般。

5

母親開始教她在胯間塞下一疊厚厚的草紙，而且再不讓她一個人在家，把她帶到幫傭的頭家家裡，說這樣可以一邊做事，一邊監督她寫作業。她抵死不肯，一個巴掌熱辣辣地熨在臉上。

「老師都把媽媽叫到學校去了，妳還要怎樣丟我的臉才甘願？也沒見過這麼討厭的女孩子！」

她委屈地哭著，又不知要怎麼解釋，低頭磨蹭著。鼻涕淌到嘴角，咻一下吸回去，有些殘汁隨著哆嗦的嘴唇滲進嘴裡，涼涼鹹鹹的。

怎麼辦呢？也或許她們全家碰巧出門了。她僥倖地想，心上便坦然多了，彷彿相信那是必然的狀況。對，她或許碰巧陪她媽上街了。

母親卻不了解她小小頭顱裡的心機。作幫傭的母親，沒有工夫去體會女兒小小年紀卻滿腔駭人的仇恨。只是在每一次歸家後，無限讚羨地向她稱許著主人的小女兒，如何伶俐乖巧，如何地像個小公主般地有禮貌……

「都不把我當下人，陳媽媽陳媽媽叫得好親切，」低下頭卻瞧見自己肥肥蠢蠢的女兒：「妳看看妳自己，髒兮兮鼻涕黏著也不擦掉，嘖。」

母親把她的鼻涕揩掉，便對著一幢洋房的鐵門喊：「小琳吔，開門噢，我是陳媽媽啦！」開門的是程琳。

關於結尾。

第一個字團的內容大略如下：

黑暗中，在他戰慄的懷抱裡，她緩緩說出八年前程琳的死因。

一個有妨害風化前科的嫖客，得知她從前就讀的小學，與當初害他入獄的女生同校，要她作餌，把那女子誘出。

她作了自己的餌，沒有誘出那個女生；誘出了程琳。
嫖客見色思淫，在程琳的抗拒下將她勒斃。
第二個字團的內容大略如下：
程琳是他現在的妻子。
程琳在他出版社倒閉欠債累累的狀況下，和另一個男的跑了。
於是他們兩個含著淚，相互緊擁，在相見恨晚的柔情和感激裡，一起吞下他帶來的毒藥。
第三個字團有些不知所云，大約作者已經瀕臨崩潰：
他強暴並殺了十三歲的她，而程琳才是八年後在妓院裡真正的她。八年前他放過程琳，不過是為了要在八年後在妓院裡印證她的悲劇。
第四個字團內容很短，只有四個字：
去他媽的！

6

「原來妳們是同班的。」母親將水槽裡一件又一件的衣服撈起，掛在晾繩上。把捲起的袖子放下，用手肘就額抹了抹汗。

她坐在一旁的小板凳，大腿擱了一塊畫板，程琳的。她放下寫到一半的功課，開始叨叨絮絮地訴說，上一次的糞便檢查，程琳也有蟲子。她的聲音稚稚軟軟，用詞也是孩童的用詞，可是她描敘每一個細節的神情，卻恍若一個癟著嘴，講人是非的老太婆。

她的母親怔惘惘地看著她，神情還帶著好久不曾出現的憐愛和疼惜，於是她益加滔滔地訴說起程琳的惡狀來。然而她突然感覺母親其實並沒有在聽，只是惘惘地對著她微笑。笑著笑著，母親的臉突然扭曲，眼淚滂沱而下。

嗒。

她醒來的時候，母親已不在身邊。晾繩上的衣服濕淋淋地滴下水來，沿著她的面頰流到嘴角，和她側臉淌出的口涎會合，一同攤在寫字簿上。

媽媽？她揩著嘴，離開晾衣的後院，縮頭縮腦地找著母親。

然而屋子裡似乎沒有一個人。程琳呢？她的爸媽和姊姊呢？出去了？她一個人在靜寂的大屋子裡走，眼睛骨突骨突地轉，這時才定下神來仔細看看這棟房子。

好大的房子啊。她羨慕地想，屋頂真高，然而她被廳堂頂供桌上一尊猙獰紅臉的神像給唬住了。她慢慢地退了出去，差點把牆角矮几上的一個磁瓶燈弄翻。

怎麼沒人了？

她聽見一間房間有人在說話，便輕輕踮著腳尖，把臉湊在門邊。

啊。

背對著她，母親全身赤裸，像是拜神似地趴跪著，程琳的父親，上身仍穿著寬鬆的晨袍，他把晨袍撂起，赤著兩條蒼白枯瘦的腿，直挺挺跨騎在母親油黑底身上。她望不見母親的臉，卻聽見她在一震一震的折磨下哀哀告饒。

她呆呆站在那裡，彷彿被這一幕強大的魔力給震懾。她閉了閉眼，男人大腿的白皙和母親腿腹因終日曝曬而呈現的棕褐交相融合，漸漸混淆起來。

她依然踮著腳，小心地走過客廳，打開大門，復輕輕將門掩上。

我要殺了程琳殺了程琳殺了殺了殺了我要殺了殺了殺了殺了程琳程琳我要殺掉妳殺掉殺掉殺掉殺掉殺……

7

黑暗中，他靜默地聆聽著她這些年來所有超出人性極限所能容忍的苦痛。她用帶著鼻哽乾扁的嗓音，一件一件訴說著。說他們如何把她騙到這裡，在甫十三歲童稚的她的面前，用各種姿勢作愛；如何地給她注射一種荷爾蒙，要她張著腿，一天接客五十次；如何地在她下體發炎腫爛的時候，不理會她要求休息的哀告；甚至在她哭著跪下求他們讓她求醫時，用靴子踢她的小腹和下體；她還用手引導著他的手指，在她崎嶇凹窪的手腕來回移動。

「喏！這都是那些老灰仔用菸燙的——呵呵，其實手臂脖子也都有，那是用牙齒咬的。」

他的手順著她的肘，輕柔地撫著她老於實際年齡兩倍的肉體。他感到自己腕端的脈搏在突突跳動。是了，這就是一切了，最真實最血肉淋漓的人性就是深埋在這樣的苦痛裡。現實人生裡愈是悲慘的角色，往往愈是震動藝術家逼近藝術核心的帖模。

他手指的溫度挾帶著她苦抑在內心八年唯一的情感，使得她每一寸肌膚的風霜和認命都崩頹傾瀉。她近乎粗魯地用自己殘破的身軀迎纏住他。

「把褲子脫掉吧？」

然而，當她的肢體揉搓到他閃躲的腰際時，他暗暗繫在彼處的錄音機，因撞擊而發生了故障。突然，像是他用腹語術模仿她之前一切的傾吐告白，小小的匣子發出混淆紛亂的雜音——儘管他慌張地在那按著敲著甚至把電池卸下，錄音機仍然不聽使喚，哇哇不絕地把它剛才偷吃的故事全吐了出來。

她先是在極大的驚詫和惶疑裡把他推開，甚至用膝和肘抵抗著他一切想解釋的撫慰。後來她將燈亮了，望見他裸著上身，瘦薄的肩在光亮裡微微顫抖。乍然變化的光線使他瞇起眼，眼神閃爍著各種圓謊的台詞甚至奪門而出的欲望。

錄音機在雜音干擾的狀況下將一切對話忠實地播出，最後一句卻異常地清晰：

——把褲子脫掉吧——

她突然發狂似地大笑起來，望著他在燈光下不知所措的模樣，意外發覺他與這八年三千多個日子裡，每天五十次的客人並無兩樣，同樣地卑憐猥瑣。她也突然明白了，原來之前所有含淚痛哭的傾訴都是放屁，只有最終這一句話，可以完完全全貼切地說明她八年來所有的一切苦痛和夢想。

「把褲子脫掉吧！」她說。接著又嗆咳著狂笑起來。

M

他將滿張塗改得烏七抹黑的稿子揉成一團，就手拋向廢紙簍，紙團觸到簡壁，彈在地板上打了個滾。

刻意伏下錯縱的情節，卻糾擾亂纏，無法發展下去了。究竟她是那個雙屍命案的胖女孩，還是那個因自衛而殺人的妓女？是他目睹了她慘辱的屍身，抑或是在人性的實驗裡無意地介入她感情的深層？甚或她為了他而激起久不曾有的自潔，為了他殺人？還是他實驗的企圖被發覺，心中珍藏最可貴的情愛之幻滅，使她殺了他？

「再怎麼努力，對於她們，除了廉價的同情，便只有自作聰明的嘲謔。我們是永不可能體會黑暗中，那些各自孤立深藏的心靈的。」

G是這麼說的吧？他突然想起咖啡座一角那雙疲憊不耐的眼眸，和那時突然閃過的笑意。

她是早已知道我會笨拙地陷入這種局面的。是啊，她一定認為我是那種滿腦空幻、吃飽撐著的人。

於是他拿起話筒，撥了個電話。

「喂？」

「呃，請J小姐聽電話。」

「我。」

「……嗯！我是K。」

「啊，K呀，」平板的不耐的聲調突然抑揚起來，彷彿有些詫異，聽筒那邊傳來嬌脆的笑聲：「有何貴幹？」

「嗯——我，我是這樣的……關於上一回提到的美感決定道德的問題，我，我似乎太主觀了——但是，能不能作這樣的假定，呃！設定……」

「你還在想這些東西啊，呵呵呵——啊，對不起。」

「妳，妳會不會覺得我很無病呻吟。」

「不會啊，」她笑著說：「你是大聖人，大思想家。」

「噫，」他咬著牙：「別這樣呵，喂，我問妳一個問題，妳回答我。但是不要加入任何一點妳現在已定的價值觀，拋開妳的道德，妳的形象，避免冠冕堂皇神聖感人的回答。講出妳真正可能的感受——呃，心理狀態。」

「啊，真累，好吧。你說。」

「我是說，假如，假使你今天生在一個落後汙穢的地方——呃，華西街那一帶好了。假如，妳的家境很差——唉，算了，反正妳在完全還無法替自己作決定時就被賣去作雛妓。她們先叫人在妳面前作愛，然後給妳打荷爾蒙——對了，這時，妳才十一、二歲，初潮，呃，嗯——月、月經還沒來。而他們要妳每天接客四、五十次——嘿，事實上，在那種環境，妳根本沒有自卑啊什麼齷齪的觀念，接客便是一切生存的法則，嗯——沒了。好，那麼，妳的心理狀態是如何呢？」

「……」

「我再把設定的範圍縮小一點好了。」他的聲調透出不能控制興奮地高亢：「假如說——」

「我不知道。」

「哎？妳根本不去想嚒，妳認真想想看。」

「我不知道，」她的語氣開始不快：「你問我這些幹嚒？」

「啊，我，我只是在作一個實驗，用最直接最單純的心情去逼近那些妓女的內心。可是我是個男的，阻礙較大，我想問妳女孩較能感同身受。」

「噯，那天那個高個子不是說……」

「妳說G啊，呵，妳別看他一副老成的樣子。其實是——人、面、獸、心，哈哈，對，就是人面獸心。妳看他說話很漂亮對不？其實，咈咈，他到處跟人家女孩搞，搞搞就甩，嘖。」

「哼，知人知面不知心哩，我還聽人說，他去兼家教，把人家才國二的女生就——就玩了……」

「真哆啊——好恐怖哦。」她彷彿受了驚的小女孩：「我還以為他沒女朋友呢。」

「真哆啊，呵——丫，啊，真對不起，我待會還有點事，我……」

「啊，」他慌忙說：「打擾妳這麼久，我會不會太囉嗦呀？」

「怎麼會呢？」聽筒那頭傳來咯咯的笑聲：「跟你聊天很有意思呢。」

「是嗎？啊，那麼改天約出來好好的聊，好吧？」

「你再打來好了。」

「那麼，再見了。」

「拜——」

喀嚓。

她掛上電話。巨大的疲倦襲湧而上，她眨了眨眼，對著鏡子，擠出一個極媚極俏的笑靨。我還年輕呢。她拿起一張化妝紙擦了擦唇，復用唇膏重新上色，又在腮頰撲了些粉。甩了甩頭，鏡中長髮飄逸的女人甚至有一種水靈的清潔。這一折騰，待會遲了，老鄭那個胖子又要囉嗦了。她因為想起老鄭那一環一環油滾滾的肚腹，有些嫌惡地撫娑起自己柔細纖小的肩膀。又在鏡前坐了好一會，才姍姍地離開。

過了許久，化妝台上那張揉成一團的化妝紙，像是疲憊到極點，無限懶怠地放鬆，將塗滿酡紅胭脂的軀體慢慢張展開來。

字團張開之後

在我以一篇觀念混淆卻歪打誤撞在一個文藝營中得獎的小說發表之後，有好長一段時間，我無法完整地完成一篇作品。一方面自然是自己對這個小獎的意義過度膨脹，使我虛擬了一些實際上並不存在的讀者，我幻想著他們對我的期望，以至於提起筆來，便顫抖昏亂不已，怕下一篇作品會讓他們嗤之以鼻，將原先狐疑的態度鬆弛下來：「哈，這個傢伙，不過如此罷了。」

另一方面，是這段期間，發生了一些詭異荒誕的事情，使我對冥冥中，小說虛構和現實重疊的可能性，不得不採取了一種近乎迷信的謙卑態度，這真是不可思議，**我竟然一步步走進了自己虛構的小說之中**！誰知道，也許上帝祂老人家就是個老奸巨滑的小說家也說不定。

後者容我稍後再詳敘，關於前者對我造成的壓抑和迫害，倒是有一些與主題無關的細節需要絮聒一番。

首先是照片的問題，當主辦這個文藝營的雜誌通知我中獎時，我因為一時興奮，沒聽清楚電話中，那位告訴我這個消息的徐小姐關於要寄去雜誌社一些資料的細節的囑咐，以至於把她提到的兩寸半身照，寄成了一張我和一群朋友立於海邊一艘破爛木船上，英姿煥發的生活照。

當那位徐小姐氣急敗壞地打電話至我家時，我因為住校而必須周末才會回家。於是我可憐的母親誤以為這是一通對新銳作家的訪問電話，便謙虛又難掩得意地將我從小就敏感單薄的個性回溯一番，她自然也將我中學時曾三次進入療養院接受精神治療及高中時代留級這一類不堪回首的往事，當成一個偉大作家所應具有的經歷，用感性卻不傷感的適宜語調，詳細地追憶了一番。

在我母親長達三個半小時對我廿二年來驚滔駭浪成長過程的歔欷之後，那位善良好心的徐小姐，才吞吞吐吐地說出這通電話的真正用意：

「是，是這樣的，我們要用的是兩寸半身照，而他寄來的生活照，有太多不相干的人物介入，造成了干擾。」

這次意外的尷尬，自然隨著我母親將我高三原以為可望畢業不料卻慘遭留級的半身照（天可憐見，那是我除了幼稚園畢業照，唯一存留底片的半身照）寄去而暫被淡忘。然而過了三個月後，我在無聊翻看那本抽去了彼張海邊合照的相簿時，發現了數點怪異的現象。

①整本相簿，搜集的不外是廟門口門神巨戟下方咬著菸屁股沈思的老人；或是一群在田邊比賽小便噴遠的小孩；再就是歌仔戲後台一臉濃妝袒著一只乳房在奶孩子的戲子……諸如

此類。這於是我想起了這本相簿裡所收的相片，是我留級那個暑假，一時心血來潮帶著一台傻瓜相機，刻意到一些偏遠的小鄉鎮去拍的。實則我是一點基本的攝影常識也不具備，因此整疊一張三塊五沖洗出來的照片，即便是經過挑揀而存留在這本相簿之中的，也都多多少少發生了一些脫焦、面孔模糊，甚至從採攝畫面一半截斷的現象。然而有一點是可以肯定的，即是這本相簿所收的照片，應當全是我藏身於鏡頭之後的捕獵，照片上絕不可能出現我（事實上確實除了那頁抽去海邊照留下底空白，整本相簿都沒有我的存在）。然則我竟將其中一張「海邊破船上的一群年輕人」當成生活照，寄給那位徐小姐當成我的資料，而那上面居然「可能並不存在我」。於是我努力地回憶彼張照片，卻更加不肯定自己是否在那張照片之內。我甚至找不到關於我曾在那樣的海邊的那麼一艘擱淺的破漁船上，和那麼一群人合照過的任何一絲記憶。

②當然，遺忘是混淆或造成一切弔詭情節的最高明技巧。自然我可以很輕鬆地這樣解釋：我不過是一時粗心，把這張生活照就手收進這本不相關連的盡是陌生的第三者的相簿集裡。況且即使我怎麼也無法確定自己是否在彼張相片上，有一點卻是十分肯定的：即是我熟識之G君及K君，二人的容顏，皆在相片之上，這個印象是清晰無誤的。高大英俊的G君，彼時由於服役的關係而理著平頭，和其餘皆蓄長髮的眾人形成強烈對比；立於最左側的K君則似乎發現了某些怪異之現象，嘴半張，目光驚疑地注視左方相片篇幅之外的地方，不論表情、目光、甚至照片上光影粒質的感覺，皆和微笑望著鏡頭的眾人顯得十分突兀而不協調。是故

我印象深刻，此二人確乎曾經存在於這張相片所框凝的時空之中。

③然而，這裡又發生了一個極大的困擾。我猛然想起，一年多前在退伍前夕莫名失去記憶力的G君，確實是我高中時期的朋友（雖然我私下對於他在英俊外貌之餘，猶不負責任地販賣一些知識皮毛作為裝飾品的行徑，以及他膨脹鬆散的思維模式深感不滿），印象中，他入伍後也確實有那麼一次還是兩次找大夥出去玩過，照片中有他，十分自然。至於K君，卻是我參加文藝營時，因為同寢室而相識。那時兩人還為了一些其實彼此皆十分混淆，而當時正開始在國內流行的一些創作理論起了爭執，鬧得並不十分愉快。和K君相識，究竟是在這張相片拍攝之前抑是之後，我已不敢斷定；而G君和K君，至少在以我為軸的人物鏈網內，二人應不相識，竟然同時立於這照片所記錄的時空之內，更是匪夷所思。

（此處我忍不住要對於徐小姐那時氣急敗壞的一段話提出辯解。徐小姐認為我寄去的照片有太多「無關的人物」涉入，但是他們確實無關嚒?事實上，我當時並未按照徐小姐的叮囑寄去留級那年拍下的半身照，卻寄去的那張生活照裡，包含了我（當然這點後來受到了懷疑）、K君、G君三人在內。而後二者，是我藉以得獎那篇作品中，兩個關鍵的人物（我藉由他們二人彼此對對方論點惡意的嘲謔和攻訐，模糊了讀者可能之於那篇作品鬆散的理論的不滿和質疑），他們扮演的是「搶戲」的角色，預先霸占了讀者可以嘲謔和攻訐該作品的從容位置。

（我之所以沒有寄去「留級那年的我」的「我的兩吋半身照」，而寄去了「包含了K君和G君卻可能沒有我」的「我的生活照」，是因為就那篇小說而言，「留級那年的我」實在是和「創作那篇小說當時的我」並無真正情節和時空的互涉，那張相片，只能代表了「這是這篇小說的作者在兩年前拍的照片」。然則，出現在「可能沒有我」這張相片中的G君和K君，卻絕非「無關的涉入」。他們是那篇小說中的角色。在那篇小說之前，就我的記憶而言，是彼此不認識的，卻在小說之中被我強扭剪貼於同一時空。而他們又在之後，分別成為那篇小說的可能讀者和那張謎一般的照片的線索提供者。他們在不自覺中涉入了那篇小說（或那張照片），卻又在之後各自獨立（真實）的時空流動過程裡，瓦解了小說（或相片）瞬間凝住的時空規則，強迫那篇小說（或相片）朝向更多不受束縛無法預期的情節，繼續激發跳躍，任意輻射。）

找尋照片之謎的步驟一

我打了個電話給徐小姐，把關於照片的一切情形告訴她。她的反應出奇地冷淡：

「雖然我仍弄不清您所說的這一連串複雜的關係，但是有一點必須聲明的是：我們雜誌辦這一類的文藝營或寫作班，是為了鼓勵真正有心的習作者，不是一個讓新人作秀的溫床。我們大大小小辦過這麼多個文學獎攝影獎機智問答漫畫大賽或摔角擂臺，那裡有功夫天天去存檔每一個得獎人開玩笑寄來的生活照……」

「啊?您誤會我的意思了，只是那張照片對我真的十分重要。因為照片上的兩個人物其實不可能出現在那張照片，我是說，雖然他們其中的一個已失去記憶，而且我也不記得我自己究竟在不在那張相片上，但是我知道，他們彼此是不可能認識的……」

「這位先生，很抱歉，我現在忙著審稿，我這裡有一支電話號碼，你打過去，你的問題找他們比較合適。」

我按著她給我的那支電話打去，結果接話的是龍發堂。

躡足介入情節的一通電話

在我支支吾吾向龍發堂的接線小姐道歉，並且紮紮實實地挨了她一句「神經病！」之後，話筒才放下，馬上接到一通聲調怪異的女子打來的電話，初時我以為是龍發堂惡意的報復。

「我不是向妳道過歉了，是有人開玩笑把你們的電話給我……」

「什麼?」於是那個女子開始呱啦呱啦地自己介紹起自己來，我因為緊繃的神經驟然放鬆，開始跌回適才徐小姐的冷淡和惡意的玩笑（開玩笑?龍發堂！）所傾潑而下的羞辱和憤怒之中。模糊中，聽見女子在說什麼能不能寄張相片……

相片?!

「啊？對不起，能不能請妳再說一遍？」

「我是說，你是在六十分以上還是六十分以下？」

「什麼？什麼六十分？」

「我是說你的長相是在……」

「啊？」長相？「六十出頭吧。」

「啊——我開始失望了，你不要保留嘛，分數太低，人家以後不想打來了。」

雄性本能的自尊昇張起來，他媽的，保留？我跟這種爛貨認真什麼，誰知道她的標準？

「七，七十，不，七十八好了。」

聽筒傳來一陣嚕嚕嚕嚕類似泡水家具在地板磨擦的聲音。我已分不清從心底強烈泛起的是憤怒還是羞恥。

「妳的笑聲不太好聽，」我試著反擊：「像男人一樣。」

「你是哪一型的？城市獵人？馬蓋先？還是張雨生？」

「妳是誰？」我開始把昏睡渙散的思維集中，拱衛的背脊慢慢轉變成撲噬的翅爪，「為什麼打這通電話給我？」把聽筒夾在下頷，點了根菸：「妳幾歲？」

「你幹嘛那麼嚴肅嘛？嚕嚕嚕嚕，人家寂寞找你聊聊不行啊？」

「妳幾歲？」

「五十六年次的。」

「該嫁人了，」我得意地噴了一口菸：「這麼一大把年紀，玩這種遊戲，」在舞廳泡不到凱子的醜女孩，謊報年齡的老小姐，或是謊報年齡的無聊國中女生……我開始認定，這是個毋須耗費太大力氣，小小的心智遊戲。

「我有一個兩歲的女兒。」

什麼？

「我有一個兩歲的女兒，」她說：「要不要叫她來和你聊聊。」

聽筒接著傳來一陣口齒模糊的童音，和較遠她在教導女孩「和叔叔說叔叔好」的模糊聲音，女孩咯咯咯咯笑到一半便被抱離話筒。

「怎麼樣？」

「嗯，好可愛，」十數種三流爛小說的情節在我腦海交叉竄流，我盡量謹慎地說：「妳還沒結婚吧？」

「嗯。」

「那末，」未婚媽媽，哈哈，太迷人太好笑了，「一個人養孩子，一定吃了不少苦頭。」

我感覺到自己的聲調、溫柔濃郁得好像奶油一樣。

「怎麼，你以為我打這通電話，是要給孩子認爸爸啊？」

「如果妳願意考慮的話，或者孩子的父親不會來找我算帳的話，我說不定是個很恰當的父親人選……」

「我保證，」她的聲音聽不出一絲感情的變化：「孩子的父親絕不會介意，因為我甚至忘了他的長相。我是被強暴後懷孕的。」

找尋照片之謎的步驟二

當然，面對兩條僅存的線索，失去記憶的G君，在避免牽扯過多無關枝節的前提之下，暫時被我擱在一邊。而在文藝營因同寢室認識的K君，從那次文藝營結束之後，便一直沒和我有任何聯絡。

相對於這張相片，K君所產生的疑點應遠多於G君：G君與我早在高中便認識；G君失去記憶力，是在退伍前夕，早在拍這張照片之前，只能構成拍照之後的變數（且這類變數有無限多種可能）；然而出現在這張我高二留級那年暑假所留下的照片的K君，是在照片之後和我認識（我是高三畢業那年暑假參加文藝營），這是直接涉及這張相片時間矛盾的疑點之一。

而我在前面提到，在我的記憶裡，K君於相片之中位於眾人的最左方，他側臉不朝鏡頭的表情顯示了在左邊相片篇幅沒有括含的地方，發生了某種叫他驚怵的事件，或是有某樣東西，讓他駭異不已。也就是說，在和這張照片同一瞬間卻不發生在同一空間（應該說是平面）之上，正進行著一件只有K君目睹的情節。

我聯絡上了K君之後，按照他的指定，和他在新公園附近的一家 500c.c. 高雄牛乳大王見面。在沒有切入關於照片主題之前，我自然狗屁不通又咬文嚼字地和他交換了一些最近寫作的心得，但是很顯然地，K君的態度不十分友善，像是焦躁勉強地忍耐這一次的談話，或許他是對於我不經同意便把他歪曲成一個性格便祕的角色耿耿於懷。

「最近簡直無法寫任何東西，」我乖覺地把話題帶入，「有一張失踪的照片困擾著我。」

「唔？」K君果然被這個突兀的話題吸引，「照片？」

「一張在時間記錄系統上發生問題的照片，」於是我把大致的情況告訴K，「你記得曾和我和G在某一個海邊的一艘破船上合拍過這樣的一張照片嗎？」

「我想想，」但是K的表情顯示著他並不是在回憶，而是努力思索著如何矇混過去。也許有我意想之外的情節。「對了，去年冬天，我一個人到南方澳附近那個隱僻的海邊找尋靈感，碰到了你和你的一群朋友，你便邀我一起合照……」

「你在和我認識之前，或是我那篇小說發表之前，認識G這個人嗎？」

「不，我不認識！」但是我知道他在撒謊。

「那就是說，G是混在當時那一群我的朋友之中嘍？」

「對，但是不可能！」K突然大喊。

「不可能？你記得？」

「不。」

「相片上的你面朝相片左方，顯然當時在我們拍照現場的左方發生了什麼重大事件，而所有人中只有你看見……」

「我面朝左方？你是說照片拍下了我面朝著左方？等等……你確定，G是和我出現在同一張相片上？

「但是這不可能，G不可能出現在那張照片之上，那不是時間上的矛盾，是空間的謬誤！G在那瞬間，不可能出現在那個平面上。」

不等我弄明白這一串話的意義，K君便驀然起身，跑了出去。把一堆預期之外的紊亂線索，和那杯六十元木瓜牛奶的帳，都丟下給目瞪口呆的我。

如果說留級這件事

如果說留級這個事件確乎和之後決定我寫小說有什麼臍帶關係或人格印痕的話，那麼或許我們回溯至那天上午，我在學校公布欄上獲知了自己留級的消息後，垂頭喪氣搭公車回家途中所遇見的一段插曲，就可以隱約找到一些關於K君之後何以對彼張照片態度如此曖昧的可疑之處了。

那天上午，我在由留級的屈辱所造成的近於發燒時那種瀰散著藥味和體熱的清明狀態上車。拿票給司機之時，一個穿紫褲子的攀在司機後頭銅柱上的人突然向我露齒笑了一下。

我該如何形容那個發生在留級當天上午返家途中公車上的那個笑容呢？首先有一點必須

交代清楚的是當時全車之人除了那位著紫褲的男子和甫上車的我是站著，車中其餘之人皆散坐在似乎猶有空位的位子上，以至於整個車廂給予人一種非常之敞亮清潔底氣氛。紫褲子男子背著整個車廂，笑容裡滿溢著那種「你的事情我都了解」的親暱和寬諒。以至使我不自覺服從了他所立身的那個世界的敞亮氣氛，也朝向他盡可能模仿他的笑容方式，敞亮一番那樣地笑了一下。

於是彼紫褲男子便靠近過來，以同等於公車上那種靜穆情調的語氣說：

「留鬍子啊？好性格哇，啊？」

其實至彼時為止我大約應已知道他是什麼樣的角色，只是由於膽怯——怕遭到被叱責破壞平和敞亮氣氛之膽怯，使我猶繼續保持著敞亮的害羞的微笑。

「你的腳毛長不長？」他更壓低了聲調問。

「普通長。」當然我的兩截腿柱子上面其實是光溜溜的一根腿毛也沒有的，但是我似乎是不假思索便如此回答並且咕噥著喉嚨像個氣怯心虛吹牛的孩子，開始感覺車上的光和全車坐著的人的臉孔全部沸騰混淆。那個紫褲男子竟然竟然當著全車蹲下身來，翻，起，我的，太，子，龍，卡，其，褲，管，然後站起身，用責怪失望（為我的光禿禿的沒有腿毛的腿）的眼神望了我一眼，便像一個受了騙的人一般非常鎮靜地往車廂裡面走去。

於是我那時便像一隻市場上被人挑剩的禿毛雞。全車上人的臉孔逆光躲進一整片刺目的光牆裡，必然認定我是個同性戀且於彼圈子是個不甚可口之劣品。我就在那個得知自己留級的上午返家途中，翻起的褲腳還沒完全落下，露出沒有腿毛的小腿和黑襪子那樣地站著，一直到站才下車。

……………………

文藝營最後一晚我和K君在幾個關於彼此皆不十分清楚之文學理論無趣的爭論之後，開始不無炫耀意味那樣地回溯起各自卑辱難堪之經驗。

「由此可知，留級這件事，把我人格系統內關於『自卑』的成分催化激發，擴展成人格的全部。我放棄了『非同性戀者』的倫理強勢地位，卻任由他以『腿毛長不長』的評斷座標說來否定我………，當然，我很擔心我在敘述過程的亢奮態度使你曲解我，認為我對此事猶耿耿於懷是在於自己的腿毛確乎不夠長。事實上，我個人不但不是個同性戀者，且由於個人的潔癖，使我對同性戀者，掩鼻猶不及呢。……」

K君在聆聽完我沾沾自喜對於這一段經歷的描述和分析後，沈默了半晌，說：

「我是個同性戀者。」

第一次至醫院探望G君

這是一間位在一座海邊峭壁上的療養院，整棟建築漆成白色，據說此間療養的病人，全是各種原因喪失記憶的人們。站在醫院的後側圍欄邊，可以眺望整片藍色的太平洋，以及遠方漁船像蟲豸一般的影子。

站在我身旁和我一同翻舉手掌作眺望狀的病人告訴我說，到了漲潮的時候，常常可以看見走私漁船和水警偵緝艇之間的「怒濤喋血戰」。

「顯然，你們這裡滿自由的，」我打斷了那位病人關於海戰場面的激昂陳述，實在我並不十分相信為了緝私竟然會發生利用機槍向落水逃生的私梟掃射的慘烈場面。

「你不曉得吔，有人才攀上木排，劈哩啪啦一排子彈掃來，腦袋都打糊了，兩隻手還死抓著木排不放……噢，」他察覺了我目光焦距的渙散，順著我的視線望向在圍欄內平台上來回走動的病人，「是自由，是自由，」突然壓低了聲音，「先生，風氣不好哪，您上來在可以眺見醫院的地方，有一個叉口是吧，那兒繞下去，就是澳窪的娼寮哇。醫院沒有宵禁，醫師病人們都去嫖、不道德哇，都是些十二三歲的山地小姑娘吔……」

在我一時為著對話情節的逆轉而茫然不知所措時，一位通知我可以去見G君的護士替我解了圍。走在醫院清潔得有些冰冷的通道時，她善意地告訴我：

「別被那些病人擾亂了你組合時空和事件的能力，他們有時侃侃而談，比真實還逼真呢。那個老傢伙，曾經歷了南京守城那場戰役，據說當時守城主將沒有留下撤守渡江的船隻，以至於潰軍渡江的場面十分淒慘……，當然，有些時候，我們會發現，失去記憶的人比無法失去記憶的人，要來得幸福。」

「還有，」在帶我走到G君的病房門口時，她意味深長地拋下這一段話：「關於本院醫生病人集體嫖妓之事，我毋須去作無聊的否定或辯解。但是，有一點是特別要提醒您的，本院是一所精神療養院，有許多特殊的醫療措施，有其臨牀之必要，卻可能是不足以向外人道的。」

我很快便發現，這間醫院的許多狀況，或許確實是外人不足以理解的。走進病房的時候，G君正對著一群簇擁著他的護士們講述一個我學生時代便已聽他說過不下十遍的黃色笑話。他身旁站著一位非護士打扮卻真正像是在照料他的蒼白少女。G君目光茫然地望了我一眼，我一眼就知道他的失去記憶力是裝的。

「……第三位男士聽了女人的條件，很自信地回答：『這不成問題，我只要拍拍手就可以使用，使用過只要彈彈手指便可以收起來。』……」

笑話的高潮不外乎是歧入雷同的形式使誇張不被信任的期待驟轉為突兀的空虛、婚禮進行中眾人噼哩啪啦地鼓掌而新郎臉色大變，G君模仿著笑話中新郎藉以解圍的狼狽模樣，彈著手指：

「謝謝大家，謝謝大家。」

除了那位蒼白瘦弱的少女不停歇地進行著照料G君的動作，圍繞在四周的護士們，都為著這個其實並不十分好笑的笑話像是非常之好笑那樣地嘩嘩大笑個不停。

我很詫異這間醫院的紀律竟渙散至此，而縱容如此之多的護士集聚在一個病人的病房。甚至我懷疑這些面貌姣好髮型新潮的護士是G的愛慕者們，為了想要親近G而想出的不太高明的化妝計謀。而我一進門便覺得十分不協調這時才起疑的是，一向擅於發表堂皇漂亮演說的G君，這時竟會如此（有些笨拙地）扮演起這種粗俚的三流角色（雖然他仍是相當高大英俊且控制了全場的氣氛）。

蒼白的少女這時看了一看腕表，十分輕柔地說：

「對不起各位，G的排泄時間到了，請各位離開好嗎？」

那一群護士像是對蒼白少女非常之畏懼，以至於適才整個病房的笑聲像是所有人突然被扼住喉嚨那樣整齊突兀地戛然停止。護士們順從地走出病房，當我正要識趣地跟著一道出去時，蒼白少女卻用她那種柔和卻毫無商量餘地的口吻說：

「你留下來好嗎？」

我自然是留下了。為了避開目睹G君「排泄」的難堪場面，我踱至此病房唯一的一扇窗前，背向著他們而可以眺望遠方的太平洋及狹仄的海岸。

但是幾乎我才走至窗前在我的背後G君和少女似乎竟然不忌諱我在場那樣急切地**搞起來**了。我居然聽見**鼓掌**和**彈手指**兩種聲混亂但此起彼落地在背後交響著。

一時之間我無法弄清楚究竟是G拚命鼓掌而少女拚命地彈手指，還是少女拚命鼓掌G卻在彈手指。過了不久鼓掌和彈手指的聲音皆停止下來，取而代之的是衣服脫褪的窸窣聲和他們的喘息。這整個過程我皆背對著他們，且因為羞恥或是慌恐而使自己的聽覺呈現空白，只是憑窗眺望著醫院所在峭崖下方的海灘，和停擱在海灘上的一艘破舊的漁船。

當我望著形狀模樣甚至停擱姿勢皆過分巧合類似那張照片中的漁船的這艘漁船，開始看見遠處一群似乎包括G君、K君和我的小小人影，從海灘另一邊走來，正準備攀上漁船拍照，並且竊喜自己目前所處的俯瞰地位，或許可以將引起照片中K君驚惶左望而不出現在照片中的事件看個究竟。那個蒼白的少女卻悄無聲息地站在我的身旁。

「真是諷刺，」我因困窘而不敢直視，只好低下頭來裝作聆聽並且沈思的姿勢，來避開與她目光的難堪碰觸，卻仍然可以感到少女猶未恢復的促急鼻息，「原來是在G說了這個笑話之後，我們在一次作愛中不約而同地鼓掌和彈手指，為這個戳破了從前一本正經浪漫溫柔的愛撫公式的發明而樂不可支。剛開始我們充滿戲謔心態地作這個鼓掌和彈手指的動作，但是後來，悲慘的情況發生了，G變得反射式地沈溺在這兩個動作的指令裡，沒有它們，他就無法勃起或頹縮。嘲弄的戳破的動作取代了先前的公式，成為新的公式……」

少女說到這裡的時候，呼息已平穩下來。我抬頭再望向窗外的海灘，發覺剛才那群小人已經離去，只剩下那艘漁船孤伶伶地停在原處。

在我留級的那一年

在我留級的那一年之中，幾乎每天都活在設計如何將高大英俊的G君凌遲處死的妄想亢奮裡，我幻想著自己像削鉛筆或是刨馬鈴薯那樣用刀一條條將G的皮肉割下，在他的哀求和慘叫之中，我所有壓積的他所給予我的仇恨和恥辱，都將昇華成靈肉合一的無限愉悅。唯一讓我稍感不安的，是每當我進行一次這種不可自拔的淩遲妄想之後，不論其時我處身於課堂、書桌前、馬桶上，甚至在朝會進行中，我的老二都會無端地勃起。以至於在那一年裡，我一方面陷溺在懲罰G君的快慰夢想裡，一面又時時感到一種針戮般的恐懼：我不會是愛上了G君吧？我該不會是個潛伏性的同性戀者吧？

如今我試著撥開情緒的迷霧，任由回憶的稀微光線帶我回到那個沈滯悶熱的期末考的下午，那個決定性的下午：決定了我的留級；決定了G君此後將以我復仇目標的身份，暴露在我妄想的瞄準鏡之下。在那之後的一年，甚至未來無限延展的歲月裡，他的耳朵、眉毛、鼻孔、喉節，甚至微笑時下唇上揚的弧度，說話的腔調和語氣，都將被我以各種角度的掃描記錄，存檔在我的記憶、妄想、文字，或者人格裡。我隨時將它們修改，以配合我妄想的情節。初期的模式大略如前所述，我用各種方式折磨他，將他處死；後來出現了新的靈感：我在百般凌虐他之後，放他一條生路，他感激跪地，吻我的鞋尖；情況慢慢演變得無法控制：變成了一群人在對G動用私刑，我在他奄奄將斃之際出現，拯救了他。後來的情節，我不願再回溯一遍，自類似在寬恕和痛悔的淚水中兩人相擁諸如此類的老套。我不自覺地模仿G。他的眼神，他說話的腔調，他激昂演說中驟然的以吸引大家期待的停頓……，我慢慢想不起自己原來的長相，似乎臉孔的每一個部分，都朝著那張熟悉的G的面孔遷變挪移。

對。我試著撥開情緒的迷霧，任由回憶的稀光帶我回到那個下午。

我看見高二的自己在鐵當兩科的狀況下背水一戰地在化學科期末考上奮筆疾書換取補考的一線希望。如果這科過了，以我們學校過去補考有考必補的慣例，我便可以逃過留級的噩運。雖然我當時或許是青春期延遲或發育不良的因素，整日價精神恍惚成績始終排名班上最末；但是以我過去的經驗，塊頭弱小且安靜怯懦的我其實並不十分引起老師的注意，充其量只是在每次發考卷時看著分數，再皺皺眉打量我孱弱謙卑的姿勢，勉強嘀咕一句：

「要念書哇，啊？」

比較起G君和他的那票狐群狗黨們成日翹課強辭奪理沒事兒就把女校學生肚子搞大，我相信老師們在拿起紅筆準備從成績冊上刪掉些名字時，我可能比較有機會從夾縫中求生。

我看見那個下午我正趴著考卷奮筆疾書滿手心汗的當口，坐在我後面的G君，突然像是按著某種密碼頻率那樣用鞋跟敲打著我的椅子。我僵直起背脊，把脖子朝後仰，一種揉和了不祥和莫名亢奮的預感使我順從地像個機伶的共犯豎起耳朵。

——把考卷垂下來——

啊我如今依舊可以清楚地感到G君溫濕的鼻息噴散在我後腦勺禿袒的頭皮上。什麼？他要我，罩他？

由卑微而對施辱者產生的仇恨和諂媚往往只有一線之隔，而且兩者在發生瞬間皆是難以辨別無法控制。我曾經為了正義感（我始終不懷疑自己的正義），在週記簿上舉發G的一些發生於校外之劣跡，發回時導師卻僅在後頭用紅筆潦草地批了一句：

「好好念自己的書，勿把注意力放在窺探竊論別人之隱私上。」

甚至又不知何因，那個導師竟將週記拿給G君看過。我直覺地發現，從那以後，我便被G君的敵意從這個班上給除名了。不僅是G君的狐群狗黨，甚至是班上其他的對G君行徑不以為然的好學生們，都用厭惡鄙視的眼光瞥我。（啊，那是個愛告密的傢伙）。相較於彼般被視為菜屑的地位，我不禁又懷念起從前不被人注意的角色。

但是，現在，是G！是G要我罩他?!

因久壓的卑辱驟然崩塌而飽漲昇起的幸福，像在溫暖的海灘舒活地將附著於肚皮、脅肋和肩膀上的沙粒撫娑剝褪而下的愚駭的快感，使我情緒激昂地把整張考卷垂了下去，並且將可能遮住他視線的我的身體誇張地向一邊讓開，彷彿是企圖用肢體的動作表白我絕不保留的忠誠。

正當我迷醉在這種類似獻身的崇高情氛時，桌上的考卷卻被人從後抽去。

——你們兩個，跟我到外面來——

我如今試著撥開情緒的迷霧，任由回憶的稀光帶我回到那個下午。我看見自己彷彿攀過了亢奮的高峰，疲倦地跌坐在一片無限平靜的平台上。我順從地跟著G和監考老師走到走廊，看著流動的光線在他們爭辯的臉孔跳躍，我甚至注意到G君發達的雙頰肌肉在激亢發言時拉起的優美弧度。

「……姑且不論您這樣沒有證據便強恃著師長的地位誣指我們作弊是不是會造成我們心靈的污點或是日後在班上立足的困難。當然囉，也可能是您對這位同學（G君指我）的不滿，使您藉著這個作弊與被抓到的近於儀式的動作來鎖定了他日後必然要承受歧視的角色，這樣的儀式確實十分有效，從此以後不論是周圍的同學甚至他自己，沒有人會去注意他其他的為人或是個性，他被按著您的意願貼上了『作弊者』的標籤……，當然這是你們兩人之間的事，我不予置評。但是為什麼要把不相干的我也牽扯進去成為配戲的犧牲者呢？難道僅是因為我坐在他的後面嗎？況且今天有犯罪動作的是『會寫考卷的他』，是他挪開身子如您所說『誇張地擾亂了考場秩序』，而不是『不會寫考卷的我』伸長頸子去偷看他的考卷。您是否混淆了條件、動機和行為這三者之間的差異呢？難道僅因為他或許突發奇想想要滿足一下虛榮心，而坐在後面的無辜的我恰好不會寫，這樣就註定了我必得被犧牲嗎？……」

「你，你，你，你在說，說，說什麼，我，我，我聽不懂，」監考老師顯然被G君成功地激怒，開始結巴，「我，我，我這個，這個，個人，一向，對，對對，學生，沒，沒有偏見。是，是秉，秉持著，有教無類因材施教的，的信、信念。你，你，你說，說我，沒沒，沒有證據……你、你、你們看，這，這兩張的，的答案，完，完，完全，一、一樣，連連，連錯，錯的，都，都，都一樣。」

我試著避開情緒的干擾，盡可能平靜地回述那個下午後來發生的事情。但是不可控制地，紊亂的光影和歧出的雜音開始在我四周跳動。嘿嘿嘿嘿於是嗶嗶可恥的那個下午我竟然叭叭叭叭竟然朝著轟轟轟鉦鏘鉦鏘朝著那個監考老師跪下了。

轟轟轟叭叭嘿嘿嘿嘿哇哈哈嘩——

過了許久，有人拍了拍我的肩膀，是G。監考老師已不知何時，離開走廊，走進教室去。我這都是為了你啊。我用介於乞憐或取寵之間的眼光望向G。G卻僵站在原地，帶著一種努力維持臉部線條不至扭曲，怕被什麼穢物弄髒的神情，撇嘴笑了笑。

如果有一天，有人開始注意到我的小說，或是嘗試探索我塑造的人格原型，那麼，讓我在這裡偷偷告訴你，這一輩子將永不停止地騷動我，迫使我擁抱著羞辱去創作的，不是留級，甚至不是下跪這件事，而是G，是G那個天殺的耐人尋味的含蓄的微笑。

蒼白少女對於G的一段評論

「G這個人，總之，是非常容易著迷在扮演的動作裡。他總是臆測著自己投射在別人認知系統裡的角色地位，而照這個猜測更加賣力地演出。像他從前吊兒郎當的浪子模樣和後來言詞夸浮的演說家的嘴臉，其實都是為了迎合著那些嘲弄不屑的眼神來扮演。他是故意露出誇張、笨拙、做作這些破綻，來提供那些眼神有藉以揶揄的素材。他不是無意識的，是非常、非常賣力地露出這些破綻的。我懷疑他現在失去記憶力——當然，我堅信在生理上他是真的失去記憶力了——但是我懷疑他是在按著某一篇他臆測你將進行或誘引你進行的小說角色（當然內容可能和遺忘有關），而強迫自己，『假戲真作』地失去了記憶力……」

「他甚至為了無瑕地讓自己被置放在一個記憶系統混亂的世界裡，跑去學照相沖洗技術，把自己從前的照片悉數焚毀，然後將所有底片重組拼貼疊印再重洗……」

陌生女子的第二通電話

「爸……爸吧……」電話裡，小孩口齒不清地說。

「啊？哈、哈、哈，」我尷尬地搜尋著恰當的字句，「別，別開玩笑……」

聽筒又傳來一陣嚕嚕嚕嚕類似泡水家具在磨石地上拖磨的聲音。

「怎麼辦，孩子愈來愈像她爸爸了。」

「像？妳，妳不是說、妳已經忘了他的長相了嗎？」

「是啊，我原先確實一點也想不起來那個傢伙的長相。但是隨著孩子臉孔稜線的一天天清晰，他的長相慢慢從記憶的深淵一點點地浮現出來。恰好和《笑忘書》裡失去信件的塔美娜相反。她每天都花點兒時間去例行地回想死去丈夫的模樣，他的側臉、鼻和腮的紋路，而每天都為了一兩處因遺忘造成的新模糊點而慌恐不已。我恰好相反，我每天望著這個孩子，她父親的長相就拼湊零件一般地一件一件浮現腦海。先是額頭、眉毛，然後眼珠、顴骨、鼻樑、鼻翼、嘴唇、笑紋……我每天幾乎把全部的精力，耗費在去把頑強地浮現起來的他的長相給用力遺忘。」

「這麼說，不止是肉體的強暴或懷孕；孩子的父親，藉著孩子臉孔對他的臉孔的再創造，強迫妳無時無刻地去溫習他的長相，他強暴了妳的記憶，然後讓自己著床在妳記憶的子宮上，分化茁壯……」

在我滔滔不絕地作這番演繹同時，其實已意識到自己又犯了不識相的老毛病。果然聽筒那邊沈寂了下來。

「喂？」

「你的小說強暴了我。」

又是小說。我開始懷疑這是不是一個妄想症者排除寂寞的遊戲；或是一個前衛小說家的惡戲實驗：我也曾經有過這一類的構想，按著某位作家作品中的人物身世，假扮成命運巧合而被作品挑起自傷情懷的讀者，打電話和作家扯淡。可以由小說家和他筆下角色的真實對話，造成一種虛構延伸至真實而任意流動的再創造。

「讓我們打開天窗說亮話吧，關於你那篇小說。話說從前有一個女孩，我們姑且叫她程琳吧，另一個女孩，當然囉，叫張素貞。程琳在十二歲以前，一直是父母和老師跟前的小公主，她也知道自己充裕的媚力，大家都疼她。但是，讓我們回到小說的那一幕吧，『……背對著她，母親全身赤裸，像是拜神似地趴跪著，程琳的父親，上身仍穿著寬鬆的晨袍，他把晨袍撂起，赤著兩條蒼白枯瘦的腿，直挺挺跨騎在母親油黑底身上……』，歷歷如繪，簡直就如同你是處身在十多年前的現場，只是當時窺看到那一幕的，不是張素貞，是程琳。我們省掉那些『從此世界便背轉身去』這一類的屁話吧，事情沒有瞞多久，程琳的媽媽也知道了。她當然無法忍受（對手是那麼一個又黑又蠢的女人），於是程琳的父母離婚。

「到二十歲，程琳一直活在落難公主的自傷和對張素貞仇恨的嚙咬裡。她考上了大學，留了飄逸的長髮（如你小說裡所寫的），然後發覺到她的美麗可以讓她再度成為公主，一開始，圍繞在她周圍的不外乎是些憂鬱的詩人，玩世不恭揶揄嘲諷的小說家，或是不洗澡不刮鬍子的各種主義的信徒。但是美麗的公主不能始終穿著那一套寒傖的衣服啊，於是後來，程琳身邊的人，變成了挺著肚子禿了頂的中年大亨，就是這樣，一切和小說一模一樣。但是我們不能忽略了程琳實在是卑憐地渴求著父愛啊。

「你的小說瀰散著對張素貞強烈恨意的同情，同情於同樣是這個事件犧牲者之一的程琳，對她的墮落，卻充滿不屑。我去打聽了，張素貞確實是在華西街賣身，又老又醜。我已經不再恨她了。我們真是一對姐妹啊；但是你對我，是不是很不公平呢？」

說完她便切了線。

我厭煩了這一切。謊言、虛構、小說與真實、情節的亢奮和真實流動的人心。

我厭煩了這一切。

似乎是應情節需要所發生的兩件事

收到徐小姐寄回的照片，但是原先在照片左側神色倉皇的K，卻變成是我。

K君來看我，「他們說你不太好，」他小心觀察著我，「我說，老兄，你的演技真好。」

「他們？一堆狗屎。我懷疑這個組織有計畫地把我生存世界的真實慢慢架空，然後用一些虛構的情節填塞進來。把我的照片改造，冒充我小說裡的角色打電話給我，甚至讓我取摹的角色本人失去記憶力。他們嘗試建立另一套時空世界，混淆我原本的記憶結構。哈哈哈，算了吧，我不會向這個陰謀妥協的。」

「陰謀？」K狐疑地說：「他們說你患了妄想症。我以為是你未經我同意便將我及我的小說寫進你的小說，因為愧疚，便自動地扮演著我另一部小說中『妄想症者』這個角色，作為補償。」

「啊？」

「算了吧，其實我並不是非常介意。何況我那篇小說中『妄想症者』這個角色，處理得非常濫調：記憶和記載的衝突，親身經歷和眾人口述的分裂，根本是邦狄亞家族裡目睹香蕉園大屠殺的席根鐸的抄襲，況且是拙劣的抄襲。你要是想要扮演以謝罪，」K君從袋子裡拿出一疊稿件，興奮之情溢於言表。這時我才注意到K竟背著一只女用的頑皮豬垂鬚布袋，「喏，這是我最近的稿子……」

那是一篇關於一個長相滑稽的胖女孩，在學校廁所被一個陌生男子強暴。而後她所一直以為的親情友情乃至一切賴以生存的角色默契和人際結構，全發生鬆動，強暴只是她對她原以為安全的寄身背景的質疑觸媒。後來她看到了一篇小說，寫的止是她自己的事情，便愛上了那位小說家，不斷地打電話去騷擾。但是那位小說家因不明原因而失去記憶力，後來經過了千辛萬苦的雙線偵索，她發現那位小說家竟然就是當初強暴她的人……

老實說，我從文藝營那晚，就始終相信，K君的作品，格調實在不高。但是K君在我尚未看完那分稿子之前，便像令人可疑的繳械那樣主動地告訴我關於相片左方當時他表情怪異所目睹之事，這實在比起他那篇小說，要讓我聚精會神多了。

K關於海邊相片之外發生事件的憶述

當我在你的小說上看見關於我和G爭辯的那一段，我確實驚駭異常，我不曉得原來你和G早在高中就認識，還以為文藝營那晚我告訴你我是個同性戀者之後，你便私下刺訪出我和G的關係，以及後來我和他發生的一些事。是的，那天早晨，我和G在小城唯一的一晚纏綿之後（我這裡不想為了滿足你的好奇心而詳述我是如何搭上他的），便已知道他不可能永遠屬於我的，他是屬於另一個世界的。我當時也打算看開了，弄得清爽些大家高高興興分手（你不知道其實我們這個圈子的感情都相當節制而內斂），便提議去小城附近一個廢棄漁港的海岸走走。他也樂意答應。一開始倒挺好，後來不知怎麼搞的，我們起了口角。我發現他和我玩，骨子裡根本就賤蔑我這種人。他不知怎麼冒出這麼一句，「和你們這種人搞，還不如搞條母狗，至少在性別的意識上還不讓人那麼惡心。」對，他就是說了。惡心。我忘了當時的細節，總之我不知何時在海灘上揀了個空酒瓶，往他頭上砸去……，我想不到他那麼大的塊頭，一下就翻白眼軟了身。我試了試他的鼻息，確定他已然斷氣，就趕緊離開現場。沒想到就在那時碰見你帶著一票朋友，熱情地和我打招呼，並強拉我和你們在那條廢棄漁船上合照一張。我怕你們發現倒在不遠處的G，只好硬著頭皮裝作若無其事地和你敷衍。

在拍照過程中，我偷偷瞥了一下G翻仰臥身的那叢岩礁，沒想到竟看見他撐爬著、搖搖擺擺地站了起來，雙手抱住頭，彷彿痛苦萬分，很困難地朝另一個方向走去……

如果但是不過也許

讓我試著釐清和照片有關的幾個人物可能透露出來的有限真相，以及他們受到被謊言汙染的真實所干擾的謊言。

如果蒼白少女的話可信，G君正在有計畫地進行銷毀自己記憶的陰謀，那麼發生於我的那張相片的時空謬誤可能不過是G君這個陰謀的極外圍環鏈的一個周迅輻振。

但是根據K君所言，照片出現的瞬間是發生錯差而非杜撰，自以為擊斃G君卻驚惶發現

G君掙扎爬起身的K君不可能在同一時間和G君微笑搭肩並立於漁船的照片上，不過，K君正在進行的那篇撈什子小說那兩篇怪誕電話的巧合使我懷疑真正的陰謀者是K君。

而在一篇樣板的三流推理小說模式裡，之前露面不過兩次的徐小姐也許是最後真正顛覆情節預期的大說謊家。也許徐小姐便是蒼白少女便是怪誕電話的主角。

也許我才是真正策動一切陰謀的主人。

第二次至醫院探望G

我在病房門口被上回警告我「不要被病人擾亂自己組合時空和事件能力」的護士擋了駕。「G君已在辦理出院，當然這並非意味他已痊癒或者本院治療已然見效；甚至是他放棄了接受本院治療策略的一套方法。這以後G君和本院的關係不再是患者和醫院的關係。為了保密（他在住院期間已獲知過多關於本院特殊的人事結構和療養方式）起見，至少在本院的範圍之內，我們必須隔離他與一切相關的外人接觸；當然出院之後，他也可能將機密洩露，但那已不屬於本院能控制的範圍之內，至少現在，他是不能和不屬於本院的外界人士接觸……」

雖然我極盡努力地讓她相信我對這所醫院的撈什子的什麼療養策略人事結構這一堆玩意可說是完全不感興趣，只是為了一點個人的非常急迫的私事想向G君求證，然而那位護士只是耐心地喋喋不休地重複著什麼本院的原則之類甚至我依稀還聽見她說了一句海防安全什麼的。

僵局在對峙了將近半小時後才由G君身旁的蒼白少女的出現而結束。她向護士表示了我是她的而非G君的訪客，護士才聳聳肩準備離去。

「那麼，」我惡意地向護士挑釁，「如果貴院的隔離確實有效，為何這位女士可以依然照料G，難道她不是外人嗎？」

「為什麼她是外人，」護士訝異地望著我：「她是本院的病患啊。」

護士離開後，蒼白少女彷彿無視或者無暇顧及我適才自以為聰明的魯莽行為，只是羞紅著臉囁嚅著一些吞吞吐吐無法組合成意義的斷句。我狡猾地猜想到這個和G君關係非比尋常的女孩彷彿有隱情要告訴我。

「G的失去記憶力是假裝的，對吧？」我不動聲色，故示貼己地問她：「他是為了躲開K吧？」

「啊？不，」蒼白少女的臉迅速地漲紅起來，「我是想問您，那個，我讀過您的那篇作品，結尾部分『過了許久，化妝台上那張揉成一團的化妝紙，像是疲憊到極點，無限懶怠地放鬆，將塗滿酡紅胭脂的軀體慢慢張展開來。』鏡頭脫焦至意象的靜物特寫，固然看不出戛止的破綻，但這是不是您無力收尾的匠氣的遁逃？我想知道的是，後來呢？不論G、K、J或是程琳和張素貞呢？他們之後怎麼樣了呢？」

「啊？哈哈，當然，當然，一個說故事者時常會遺忘或混淆了他創造出來的角色，」對於初戀情人一般看待的初作，能有人這樣一字不差地背出其中的一段，身為作者的我，自然是跌入，不，應是毫不猶豫地縱身躍入，不能自己的幸福和感激裡，「事實上，真正的主角，不是妳適才提的那些人物，而是紙團。我用紙團張開的動作，」我將拳頭握緊，然後像花苞綻放那樣模仿著紙團張開，「把一切探究真相的好奇，廉價販賣的同情，以及疾病似地對人性算題推演的狂熱全予否定。它們對於真實生命中的情慾痛苦△△♯◎，還不如一團沾了她們胭脂殘漬的化妝紙，所能呈現得多……」

「您是否用彼此矛盾的立場相互的否定和嘲諷，來遮掩您根本沒有任何立場的窘態？我看不出您有任何的立場？」

「那倒不是，」我沈吟著，開始隱隱感到這個外貌孱弱蒼白的少女，比起擅於宏論的G，其實要殘忍不留情得多，「何況，那只是那篇作品的問題，也許，也許我的想法已經，已經改變了。」

「我懷疑您是個投機分子，」奇怪的是，少女仍是非常羞怯般地漲紅著臉，「看看您所謂的『人面獸心』的G君吧，您讓他像宣言一樣說了一堆設計得並不嚴謹的批判，然後再浮面地以『玩國中女生』的標籤，誘導讀者對他進行簡單粗略的人格判斷，從而使他對您的質疑貶值，輕鬆地躲開這些您自己設計的拙稚的批判。

「不錯，他是如您所說地『玩國中女生』，那個國中女生就是當年的我！您知道什麼？

事件背後每一瞬細節的摺縐和隙縫您都看見了嗎？雖然我不知道您是如何打聽出我小學時曾在糞便檢查裡發現蛔蟲，但是由事件堆砌起來的「我」根本不是我，而是你自己。你營造的張素貞的恨意，根本是源自你自己根深柢固對G的恨意。你始終自虐地沈浸在那時下跪的恥辱裡，膨脹臆想著目睹那一幕的G君的輕蔑，這全是你自己的臆想。所以你不斷地設計出置G於難堪處境的陷阱，其實不知道G早已原諒了你，他總是愉快地和我談到你，『K這個傢伙，如果沒有那些毛病，實在是一個對手啊。』」

面對著這樣的一個少女，一邊咄咄逼人地用不留情的問句將我逼到死角；一邊卻確實是羞紅著臉。我一時實在是掏撓不出該用什麼話遁逃。高中時作弊被抓到的巨大絕望又籠罩上來，我費了好大勁才抑止住以下跪乞憐來解決這個困境的慾望。

「那，那樣的閃躲，大，大概是對，真，真理的，尊敬吧。」

「什麼是真理？」

「永遠沒有真理，」這時候，高大英俊又失去記憶力的G君，以一種不愧為小說第一男主角的姿態、頭上纏著雪白的紗布、拄著枴杖，一瘸一瘸地從病房走了出來。

「K，我們太嫻熟於語言了，我們早就知道根本就沒有真理這回事，人們尊敬的只是語言。讓我告訴你一個關於我父親的真實故事吧。民國二十六年的南京屠殺，我父親是那場浩劫倖存的目擊者之一，他確曾親眼目睹了成千上萬潰敗的守城中央軍，倉皇渡江撤逃卻成為日軍在江中的活靶；還有大批的俘虜像牲口一般被趕至江邊岬口集體射殺。民國三十五年遠東國際軍事法庭成立，主使屠城的日軍第六師團將領谷壽夫被引渡至中國受審，軍事法庭在南京全城張貼布告，號召各界民眾揭發和控訴。我父親也是當時的一千多個證人之一。但是在入庭作證的那一天，羞恥的事情發生了：我父親面對法庭的森嚴氣氛和屠殺者桀傲不馴的嘴臉，瞠目結舌，一句話也說不出來，只是囁嚅著像個心虛的偽證者那樣一再表白自己不會昧著良心說話。甚至於當他描敘日軍屠殺的過程時，谷壽夫怒目圓睜不過瞪了我父親一眼，我父親，他，竟然噗咚一響，以標準亡國奴那樣的姿勢跪了下來。

「我父親一生都活在反覆咀嚼那羞恥的一幕之中。我從會說話開始，他即像是中邪一般嚴酷訓練我的口才：高亢感人的聲調、理直氣壯的姿態、無可辯駁的華麗的真理……，我被強迫背誦總統嘉言錄、名人語錄、論語孟子顏子家訓出師表富蘭克林自傳聖經麥克阿瑟的老兵不死甚至天皇詔書和毛語錄……到後來我幾乎是反射地連放屁摳鼻屎這類的事件都能發表一篇抑揚頓挫、慷慨激昂的演說。

「K，我高蹈的措詞風格和不合宜笨拙誇大的修飾語，或許正是你揶揄嘲弄的焦點。但是，在我父親那個年代，堂皇的宣言式的演說方式，才是真正能受人尊敬的啊。

「那個下午，那個你跪下的下午，我突然像肥胖的繭裡的蛹，發現了自己的乾瘦。你完全模仿著我父親的動作，使四十年前的歷史再現，而突出我語言喧嘩的笨拙、努力的徒然，以及我二十年生命全是我父親向可恥回憶報復的工具，你突出這些可悲的事實。我突然發現，你是這個世界唯一看穿我可鄙的寒酸的內裡的人，於是我決定要把撐持我的這些像保力龍塊一般累積的語言，悉數拋棄。這當然使我吃了不少苦頭。因為不使用它們，我已經失去了說話的能力。進入這家醫院，為的是『失去記憶』，而非「醫治失去記憶力』……，啊，你看我又……，不過，這應該是我最後一次演說了，哈哈。」

說罷，G便擁抱了我一番，由仍羞紅著臉的蒼白少女扶著，丟下目瞪口呆的我，一跛一跛地離開。

我始終是個失敗者。

從下跪的那個下午開始，我便看出了自己終究是個小丑。不是扮演的角色的關係，而是我，從，骨，子，裡，就逃不掉，逃不掉命定的小丑的身段。相對於G站在敞亮迷人的語言世界，我是一只可笑的，踡縮在蠕動舌頭喉節卻吐不出半個字的角落的爬蟲；待我有計畫地，一步步模仿著G的姿態而執行我的復仇計畫時，G卻早已厭倦語言喧嘩的世界，優雅地沈入無聲世界的鄉愁裡。

一切的決定不在於我們選了哪個角色哪分劇本，而只是永遠無法顛覆的：他是個不會羞赧於自己的高貴的主角；而我，不過是個拙劣的模仿者罷了。

兩篇小說的結尾

這於是在我起始為那張海邊破爛木船上的時空曖昧之照片而循線查證了數個月之後，我終於住進了這間G曾在此療養而如今已辦理出院的坐落在海邊峭壁上的醫院。

當我在住進病房那天下午，為了為何當初所見照顧G君的皆是年輕貌美的護士而我周圍卻是一些臃腫粗心的阿巴桑這一類瑣碎的問題像個嘮叨的老頭那般向一位巡房的醫師埋怨時，一個護士帶了另一位病人走了進來。

「這是你的室友。」

原來是K！

當晚，我和K君同病相憐地在乾掉他一罐透過關係取得據說是主治醫生向海邊私梟低價購來的大陸井陽岡，開始同病相憐地大罵醫院的設備和服務。拐彎抹角的閒扯像虛疲的沫泡那樣徒然漲起又萎癟後，最後的話題終於袒露出來。

「關於那張照片……」

「先問你一個問題，」K君說：「李大年取得了解藥急急趕路回家，路的盡頭卻分岔為二：一條通往有去無回傳說中屍化為膿水的死谷；一條是通回家的歸途，身中劇毒的母親命在旦夕，眼巴巴盼著大年的解藥。兩條岔路路口各有一個哨兵：一個說的絕對是實話，另一個說的絕對是謊話。請問，李大年要如何向他們問路，才能走上歸途，把解藥及時帶回家？」

「只要問那個說實話的不就得了。」

「請注意，李大年並不知道兩個哨兵之中，究竟誰說的是實話，誰說的是謊話。」

結果答案是：問其中任一個哨兵：如果我問另一個哨兵：哪一條是正確的歸途，他會怎麼說？

「正負得負，」K君沾沾自喜地解釋：「不論是誠實的哨兵告訴你謊言的真相；或是說謊的哨兵告訴你虛假的真實，謊言與真相的結合必然是謊言。李大年只要按著答案相反的那條路走去，穩沒錯。」

我望著K滿臉通紅，像一只迸破的番茄嚕嚕嚕嚕那樣，把漿汁種子一般的概念與語言噴擠出來。謊言？真實？李大年把解藥藏在背後，狡猾地笑著朝著等待被質問的哨兵走去……只有一次機會，只有一次機會……

突然K無聲張合的嘴形變成了哨兵老實的面孔。

——喂，如果我去問他，要往歸途的路是那一條，他會怎麼說？（嘿嘿，負正得負、真實與謊言的結合必定是謊言）

——大年先生，你不可以問他，他會說謊的。（我怎麼知道是你說真話告訴我他的謊話是謊話還是你說謊話告訴我他的真話是謊話）

——啊？我是問，他會告訴我該走哪一條？

——對不起，大年先生，只有一次機會，您已問過了，恕不再回答（於是你知道你問到了說實話的傢伙；要是另一個哨兵，必定會甜言蜜語地說大年先生我樂意回答您任何問題，然後以負負正的推算告訴你正確的歸途，但是你卻自作聰明地挑相反的另一條路，邁向死谷）。

「我初時也想，媽的老子哪條路也不走不就結了，」漿汁種子噴迸的速度減緩，K呷了一口酒，臉上的紅潮慢慢褪去：「但是，呵呵，命題的起始便限制了你逃脫的慾望：他是拿解藥回家，不是面對可放棄選擇的黃金谷。有些問題，明知一瓣瓣剝開，袒露出來的不是毫無答案的絕望，就是模擬兩可逃脫於外的伎倆，也是、也是……」

「呃，我說，K」一個似乎早就存在的念頭閃過腦海，我把杯裡的酒一仰而盡，「那通電話，是你，呃，是你搞的鬼吧——」

「嘿嘿。」

「那麼，那張照片，也……咦？」我的舌頭愈腫愈大，腦袋裡像盛滿了小冰塊的冰盒，左右喀喀嘩嘩地響，「但，但是，那張照片，明明最左側朝旁看的人，是你啊，怎麼又變成我了呢？呃，我，我我應該沒，沒記錯啊？」

「你沒記錯。但是你忘了：我是K，K就是你啊，這有什麼好奇怪的。」

「呃？」K的臉孔在我面前漸漸模糊，我抹了一把額頭上的冷汗，「呃？」媽的，K就是我我就是G就是程琳就是張素貞……

「對了，我一直在進行的這篇小說，總算告一段落了，你看看。」

我努力地用手指沿著稿紙一格一格往下讀，奇怪的是K這段文字竟然是用紅筆寫的：

「……於是我順從地任由K扶著，歪歪跌跌地走出醫院。迎著冰冷的夜風，一股酸餿鋒利地像鐵鈎從鼻腔穿入，扯開窒漲的舌根。我嘩啦嘩啦吐了一地。

「迷迷糊糊，大約被K領著轉了幾個彎，也不知走了多久，突然被一陣光亮刺激，我睜開眼睛……」

接下來是一大段關於娼街詳細的描敘，這一段我覺得十分熟悉，描寫如何渾身濕汗地在肉香四溢的女人間挨擠，最後幾經周折，在一家娼戶門口向一個孩子詢問後，下來了一個圓團臉的妓女。

「……她引著我到二樓一間狹仄的小房間。才關上門，她就邊抬著腿把裙子扯掉（天啊，她竟然沒穿底褲），上身仍舊穿著那件紅毛衣，翻躺在榻榻米上，兩條白腿像肉案上掛著的蹄膀那樣張開（她的足脛上一道道褶起的皺紋和黑垢）。

「『弄啥沒？脫褲啊？』她乜了乜一旁呆立哆嗦的我，不耐煩地說：『你是幼齒是莫？上來幹啊。』

「天啊，我幾乎要摸摸自己的腰際是否繫著一台隨身聽了，我竟然變成了自己虛擬出來的角色所寫的一篇小說之中極盡嘲弄的角色，且一步步被推著走進那篇糟透了（後來被揉掉了）的小說裡去。

「我在榻榻米上半蹲半跪，謙虛地問她：『你的上衣不用脫嗎？』

「『你是沒來過是莫？話講這麼多？快幹，超時要加節。』

「我被這粗俗的對話和原始的氣氛撩得情慾高漲，笨拙地褪下牛仔褲和黃埔大褲頭，爬上她的身子，本能的亢奮使我用手去搓揉她紅毛衣下的乳房（奇怪，她竟然戴著乳罩），卻被她用手打掉。

「『幹……』我說，像一隻撒賴的小貓，死扒著母貓的奶袋不放，然後畏怯地低喵一聲。

「『**幹你老母!!!**』

「她一個巴掌甩過來，打歪了，摑在鼻樑和上唇之間，然後坐起身：

「『胸罩要錢你知莫？幹你娘咃，扯壞了你要賠錢你知莫？幹你娘咃！』

「我仰起頭來望著淒迷光影中她那張濃妝豔抹宛如神祇的臉，突然想起小時候父親為了獎勵我背完全篇總統嘉言錄，帶我上街買了一根麥芽糖，我含著含著卻讓軟了的糖糊咕哆掉在地上。我父親一巴掌下來，『中國人被日本鬼子殺了多少，你還這麼糟蹋！』把糖從地上摳起，塞回我的嘴巴。我永遠忘不了自己用舌頭在嘴裡來回翻攪著那團嵌著砂粒和了眼淚鼻涕的糖漿的滋味。

「於是我抱住她那汗水淋漓像溶化糖漿一般的大腿，拚命舔著，一邊，淚水汩汩地流了出來。」

「這是結局？」我問K。

「嗯。」

「但是，你上回，呃，不是說是寫一個強暴事件嚒？」

「噯呀，那是這篇小說中那個小說家所寫的小說。你記不記得我答應讓你扮演這篇小說的主角以謝罪？」

「但是——」

「是啊，我怎麼會要你去扮演被強暴的女生呢？這篇小說的主角是一個小說家，被他由自己分裂出去的角色反滲透寫進小說的一個故事。懂了吧？」

「嗯。」

於是我順從地任由K扶著，歪歪跌跌地走出醫院。迎著冰冷的夜風……

手槍王

他提到槍。

他把一柄大口徑的左輪交到我手上，沉甸甸的，槍柄很大，食指銜住扳機的時候，小指竟然圈不住，像女人端高腳杯時那樣向上翹起。我覺得很沒面子，便拿槍瞄準著房間的東西：茶壺、日光燈、海報中齜牙咧嘴的李小龍和一臉無辜的本田美奈子。隨著臂肘的移動，整個房間裡的所有東西，都成為屈服在我準星和瞻孔之下的靶標：塞滿了菸屁股的味全紫蘇花瓜玻璃瓶、電子鐘、克補的罐子……後來我開始瞄準他書架上那些書的脊背上的字，或是他擺列在桌上各式射擊姿勢（甚至提汽油桶抬擔架建築戰地工事）的二次大戰德國小兵。

最後我的臂肘不再移動，準星和瞻孔焦距重疊停止在他的臉孔上。

「別這樣，」他說，將我持槍的手撥向一旁，「這樣不好。」

這是PYTHON 357 S & W 686，是城市獵人用的；這是四五手槍，這是毛瑟手槍，他說。一提到槍，他便侃侃而談。這是黑星，擊發後可以單手上膛。這是WALTHER廠的P38、PP和PPK。

一提到槍，他便侃侃而談，但我想起適才在公園談到溜冰或滑雪時，他是如此叨絮不休；此時卻顯得冷靜從容，幾乎皆以簡單的斷句權威地回答我的問題。我甚至感到對他的槍枝，懷有一種宗教氣質的靜穆情感。

「你抽菸嗎？」我指指桌上塞滿了香菸濾嘴的玻璃罐，在我的直覺裡，他應該是個不碰菸酒的人，至少也因潔癖而不至於將這些骯髒的菸蒂放在自己的桌上。

「呃，不，」一提到手槍以外的事，他的自信便迅速消退，「那些是曾在這個房間抽過菸的人留下的，我把它們收集起來，每一根菸蒂皆是不同的人留下的。」

「嘿嘿，滿怪的。」我說。

他附和地笑了一下，又繼續低頭從箱子裡拿出大大小小，長短口徑不一的手槍。這是S & W M66。這是H & K P7M13。這是SIG-SAUER P220。這是華爾沙式軍用手槍。

真是個怪人。我想。

那天下午，我在一個社區公園的溜冰場溜冰，後來來了一群全套護具裝備齊全的高中生，他們戴著耳機，旁若無人地在場中表演菲利浦兩圈半迴旋、華爾姿騰空一圈半、蹲姿旋轉、飛燕旋轉各種高難度動作。場中原先在溜冰的小孩們很快便被他們這種囂肆的氣勢驅離至場外。

正當我收拾著輪鞋打算離去時，突然看見一個中年人，像是沒發現場中才發生的緊張氣氛，自顧攀著場邊的銅環扶手，然後下定決心一般，用力推蹭著輪鞋，兩手大弧度地擺動，像隻折翅的鴨子，歪歪撲撲地划向場子中心。

這時溜冰場內只剩下他和這群技藝超強的高中生。他才一划到場子中央，便任務完成那樣地直直摔了下去。先前被他的出場有些懾住的高中生們這又恢復了他們原先目中無人的高聲談笑的嘴臉，自顧耍起花招來。

那個中年人便又這樣來來回回險象環生地橫越了場子幾次，害那些高速繞場的高中生好些回為了避開他而自相撞翻在一塊了之後，終於停泊在我的旁邊。他開始從鞋袋裡拿出一些應當是相當專業的人才懂得如何使用的維修工具，一邊認真地把他的輪鞋拆解開來，一邊便和我談起溜冰：

「今年冬天想去歐洲滑雪，在這之前，沒有機會去先學。所以我就想啊，先接觸看看溜冰啦、滑草這一類有關的東西。」

我看他細細地用螺絲起子調著那雙看來造價不便宜的冰鞋的彈力橡皮，大概是運動器材行老闆煞有其事地把冰鞋的構造和調節描述得近於神話吧。他和我討論起那雙冰鞋和次一級的冰鞋之間，「僅僅差了兩千元」，就存在著「腳踝才感受得到的」性能並無可彌補的優劣差距。我想我似乎應該說什麼讓他心裡舒服的話：

「你剛才溜得不錯。」我騙他。

誰曉得他這時兩眼一亮，像是決定把我當作個可依賴的朋友，開始叨叨絮絮地和我埋怨起自己，說他從小就不喜歡出去和小朋友玩，所以運動神經一直很遲鈍。國中時還是他母親托一個老朋友醫生，開了張偽造的心臟病證明，他才在體育課時，混在殘障特殊班裡……。

一直到最後那些高中生也離開了，溜冰場黑漆漆只剩下我和他兩個人，他才從自己的昏亂敘述中驚醒過來。「對不起，」他說。我告訴他沒關係。然後他邀請我改天去他家玩。我考慮了一下，這似乎是自己第一次被一個大人這麼正式地當個朋友那樣地邀請，便答應了他。

●

清晨兩點。

陸標從夢遺的自棄情緒中醒來，甫睜開眼，又被滿室的強光迫逼著闔上眼。他的房間恰正是這公寓朝向那座高架交流道彎口的一面，交流道的出口，是一個批發直銷的果菜市場，這個時間，正是貨櫃車自產地將成箱果菜運至此卸貨的尖峰時段。配合著重噸位的貨櫃車軋壓過高架橋段的轟隆巨響、車前燈不容遮擋的強光光柱，放肆地一輛接一輛把他的房間像舞台一樣，每一樣擺設的影子都被拉長了打在對面的牆上。

陸標駝著身在床沿坐了好一晌，然後摸黑站起身，他覺得口渴。但是下一瞬他整個人曝身在驟然射進的強光裡，他悚然一驚，保持著凝塑不動的姿勢。他知道這很滑稽，自己光著身，僅著一條白色YG，況且還是才夢遺過了呢。但是曝身在光裡動作，他總有一種在伸展台上任人一覽無遺的羞辱的感覺。他等這陣強光過去，才又在黑暗裡繼續走動。但是那些運果菜的脫拉酷司機竟像是和他惡戲似地，他才邁開步，第二輛貨櫃的車前燈又打了進來，陸標只好又裝成雕像凝止不動，同這陣強光隨車頭轉過彎口而消失再行動。但是第三輛……。

於是短短的由陸標的床鋪走到放水壺的書桌不過六、七步遠的距離，陸標卻被這些蠻橫侵入的強光給拆解成十來個不連續的分解動作。

「這一切都是陰謀！」陸標喘著氣，站在桌邊倒水喝，「沒有人尊敬我。」他憂傷地想。

我哥哥在我連續一個月都往手槍王那兒跑而弄得深夜才回來之後，終於說話了：

「你少往那個什麼手槍王的中年人那兒跑了。沒事跟我去公司走走。」

他說得很冷淡，但我知道他已經相當不高興了。我剛放暑假的那一陣，他沒事便要拉我去他的公司跑跑，都被我拒絕了。我哥哥的「公司」，其實是一家老鼠會，在他名片上印的公司全名是「古嘎鑽石噴射馬桶靈芝汽車防盜器冷潔劑假髮直銷公司」。他的職銜是「業務經理／雙和區促銷主任」。

那一陣子我家堆滿了瓶瓶罐罐的清潔劑，我哥哥熱心地告訴我們，同一種清潔劑，可以多用途地用來洗碗、洗地板、洗排油煙機、洗衣服。後來，他甚至建議我們，該清潔劑其實可以替代洗髮精來洗頭，這時，我開始懷疑，以他們公司直銷的產品內容看來，假髮和清潔劑這兩種不搭軋的東西，其實是有某種神秘的鏈鎖性的關連。也許，在他們所有的直銷產品之間，都有著一套這種密碼式的不得不然的骨牌式的聯結。

我哥其實是個沉默而意志力頑強的人，即使是在他最脆弱不能承受的時候，他也會在崩潰前盡速清場，不讓我們看見他難堪的模樣。小時候有一次和他放學回家的路上，被一群高中生叫到小巷裡圍了起來，我哥哥面不改色擺擺手叫我自己回去。我飛奔回去的路上撞見鄰居的鑫哥他們，一票人趕到現場卻看見那群傢伙叉著雙臂坐在兩旁的機車上笑得不能抑遏，我哥哥滿頭大汗白著一張臉蹲在中間學螃蟹走路。

「為什麼要帶阿鑫他們過來？」回到家裡我哥哥二話不說把我叫到房間裡死揍一頓。

另外一次是我哥哥帶我至百貨公司偷模型被當場抓到。那天是我們永和第一家百貨公司中信百貨的開幕，十年後我在報紙上的鴻源案看見鴻源集團的總裁沈長聲那天竟也在場，據說他當時不過是個分文不名的青年，因為受到了中信百貨開幕的壯大場面的感動，遂投入了地下游資炒作而翻身成為叱咤台港金融界的財團巨人，他買下了環亞，並且童話意味濃厚地買下了當初誘引他走出第一步的中信百貨。

那一天我和我國中三年級的哥哥呆站在模型玩具部各種名字的日本戰艦前，我哥哥突然拉著我急急要走，坐在櫥櫃裡的售貨小姐喊住我們，「等一下，小弟。」然後我們被帶到一間辦公室，一個戴金邊眼鏡的男人和幾個穿制服的小姐和藹可親地圍著我們，他們從哥哥的書包裡搜出了兩盒小兵模型和一盒日本零式戰鬥機的模型。我哥哥低著頭坐在椅子上哭了起來。

回到家裡我哥哥不由分說又把我揍了一頓。那次我沒有再避開目睹他難堪的不安，我跑到浴室門口，用告密者的腔調卻可以讓哥哥聽見的音量，告訴我正在洗澡的母親待會她洗好澡時到梳妝台上找一張紙條，我在那上面有一個「天大的秘密」要告訴她。我母親在嘩嘩的水聲裡嗯嗯唔唔地敷衍著，我卻知道哥哥已毛髮豎立躡著腳步摸進母親房間找到那張字條，上面我得意洋洋地寫著：

「嘻嘻，偷看別人ㄇㄧˋ密的是笨蛋。」

許多年後我才暗自想通，那張小小的機謀的嘲弄字條，可能是我哥哥此後一生將屈辱化暗為明的第一個詛咒。我哥哥那時面不改色走出房間，繞到我身後，陰鷙著臉輕輕擂我一拳，笨拙地用手指噓在嘴前，眼裡閃著試探和乞求，待十歲的我也頑皮寬容地做出一樣的手勢，他才難看地擠出一個同謀者心照不宣的微笑。

後來只有選擇站在槍的後面了。他說。

他背著窗，穿著白襯衫前額已禿說起話來卻猶帶少年羞澀的氣質，表情因為逆光而流動不定。我似乎突然明白了自己為何不能自制地被他和他所轄制的藏滿手槍的巢穴深深迷惑。

是因為行使意志的自由？

不光是意志。而是創造的問題。被槍指著的人，永遠沒有被賜予等候你創造性格的耐性。你竭盡心力想出各種驚異的、引人注意的、惹笑的表情，在被槍指住的一瞬，就結束了。沒有任何後延心思的機會。剛回過神來想把操演許久的表情張開，準星早不知何時移走了。

他轉過身，持槍朝窗外下方瞄準。我走到他身旁。這是十二層高的大廈，強風把我們的頭髮攢得直豎起來。我望著下面街道像是被壓扁成頭顱和鞋子的小人，覺得自己像雲端的神祇。

我拿起手邊的手槍，模仿著他，用槍任意指著下頭的人們。奇怪的是隨著臂肘的移動，人頭快速地掃過，但是一旦準星停止在一張面孔，那張面孔便慢慢清晰地朝這邊擴大，靠攏上來。我從瞻孔中望著。下面有一所小學，似乎正在下課時間，一個胖子追著一個小瘦子從教室衝了出來，快要追上的時候，我用準星鎖住了他。小胖子停下來，似乎困惑不解地抬起頭，搔搔脖子，然後意興闌珊地走回教室。我又移動手肘，瞄準一家便利商店裡正在摳鼻孔的一個櫃台小姐，她似乎也若有所感，心虛地望望四周，再併攏裙子端正坐好。這太有意思了，他們幾乎都可以隱隱地感到被人瞄準而侷促不已。我又陸續瞄準了一個裝瘸的乞丐，正在撬一輛違規停車車門鎖的拖吊大隊隊員，一個泰國浴女郎……

那麼，持槍的人，永遠可以隨心所欲地創造性格嘍?

一開始是這樣，他說，到後來，你慢慢發現，永遠不必期待被人暗中用槍瞄準，安全地棲身在準星背後的結果，是成為一個沒有臉的人。

他又引導著我把槍指向較遠的地方，越過一座高架橋，掃瞄著每一棟房子的窗口。突然我們兩人的準星都在一個窗口停住，因為，竟然，竟然有一個傢伙，和我們一樣，舉著一柄手槍，恰正指向我們這兒！

那人似乎也一臉驚愕。手槍上按著我的頭蹲下。

他長得挺像我那個消失了的哥哥。

你哥哥叫什麼名字?我發現手槍王失去了一貫的從容和遲緩,大口大口喘著氣。

陸標。我說。

我到天完全暗下來時才驚覺該回家了,告別手槍王離開他的房間時,發現客廳全暗著,沒有點燈。然後我被沙發上蜷縮成一團的一個影子嚇了一跳,後來才認出那是他的母親。適才在房間裡她兩度敲門進來,一次是端飲料,一次是收杯子。這時她似乎抱著一團線球在織毛線,抬起頭看著我,黑裡分辨不出表情。「伯母、告辭了。」我說,她沒有回答。我便自己打開大門離開。

●

陸標在近午時分醒過來。那時女人正推門進來,陸標靠在床上,看女人脫著鞋。陸標開頭第一句話竟是:「昨天夜裡夢遺了。」像是個丑角不由自主總會脫口想逗人發笑。女人沒笑,逕自在脫著絲襪。「真的。」陸標又加了一句。

後來他又睡著了,但可能只睡了一會。再睜開眼的時候發現女人站在正上方垂頭望著他。女人戴著墨鏡。「怎麼了?我又睡著了嗎?」陸標迷糊地問。女人遞給他一袋炸雞。「啊,真是,」陸標說:「餓壞了。」

陸標抓著雞塊吃起來的時候女人站到窗旁，戴著墨鏡望著窗外：「我知道。」

妳知道？才怪呢妳知道。陸標狼吞虎嚥把雞塊往嘴裡塞，他餓極了。

「夢遺吔，」他說，「上一次恐怕是在軍中的時候了……」

女人沒答腔。陸標直起頸子，想看看街上究竟有什麼玩意還是高架橋上出車禍什麼的，讓人看得發呆，卻險險被嚇了一跳。他看到玻璃窗上疊印著女人一張戴著墨鏡的臉。

陸標很快把炸雞吃完，用紙袋把手油揩淨順便就揉成一團。他起床，走到女人身旁，把手探進她的裙襬。

女人把他的手打掉，「今天不要，」她把戴著墨鏡的臉轉了過來，「今天不要，好不好？」

陸標又坐回原位。女人開始哭。

「今天我們什麼事都別做，好不好？」女人說：「今天是我三十歲生日。」

又出現了。陸標恐怖地想。那種在夜裡被卡車車燈延隔成一動接一動寸步維艱的滑稽感又湧了上來。總是在設計著逼你交代出一種角色一段情節。

能夠不扮戲舒舒懶懶地避過去該多好啊。

陸標費了很大的勁才把那句「那我變個魔術給妳看吧。」給吞了回去。

「我們還是分了吧，陸標。」女人說。

這樣的尊敬的哥哥，有一次替他送他忘了帶的飯盒，在教室外等他下課，看見他一個人在講台上笑得面紅耳赤，一旁的老師凝重著臉，台下的同學也靜默無聲。我哥哥憋著氣努力又支吾了幾句，馬上自顧自又在台上嗤嗤亂笑。我驚駭極了，不知發生了什麼事。下課時哥哥權威地責怪我大驚小怪，告訴我那堂是說話課，他上台說的是一隻自不量力的青蛙，妄想自己吹氣漲大肚皮可以比牛還大最後肚子破掉的寓言。說到這裡他似乎想起自己在台上的模樣，又嘻嘻笑了起來。我趕緊討好地笑著，卻被他巴了一下腦袋。

「有什麼好笑。」他自個卻笑了起來。

那時候我時常在課堂上沒頭沒腦地舉手發言，把哥哥在家中沉穆著臉告訴我的奇譚，毫不猶豫地報告。諸如人類的潛能可以舉起地球或蔣總統其實是隻海龜吔或者夜裡上大號馬桶裡會有隻手伸出來把你拖進去之類。總是換來同學的哄笑和老師無可奈何的敷衍。

似乎他心裡的意念和意志的不被了解，也強烈地感染滲透到我的命運這邊。一起玩模型小兵時，我哥哥總是把我齊齊整整一列列排好的士兵們，用毛巾或枕頭巾當爆炸烟霧，把它們掃得肢折頸斷。我抗議的話，他便不屑地訓我：

「你懂什麼？戰爭吔，這樣才真實。」

有一次，我哥哥從外頭撿了隻跛腿的狗回家，一言不發上了他的閣樓，將牠養在閣樓原先擺滿花盆的陽台上。連續幾夜，我都聽見閣樓上傳來悽慘的狗號。他在打狗。我心裡想。

直到第五天哥哥才准許我上樓看他的狗。那是條黑嘴的棕毛雜種狗，乍看之下，多少給人一種猥褻的感覺：上身完全是狼狗驃健的腰腹、強韌的下頷和狼一樣直豎的耳朵；腹下卻像是被人惡戲移植了四條臘腸狗的短腿。似乎牠的存在，只為了記錄還是標示著牠父母不知哪一方優良血統被隨便流失的荒誕和虛無。

我哥哥蹲下身子撮著嘴出了個聲，那條狗便慌忙騰空立起，用其中一隻已跛的後肢支撐，兩隻前肢卻交疊拱起做出打揖的動作，再也沒有一條狗能作出這樣滑稽又悲哀的姿勢了。我不記得我笑了沒有，但是我清楚記得哥哥那時像鬆了一口氣地站起身來，眉眼被闇樓低垂的燈罩遮去，嘴角牽起的寂寞的微笑。

牠叫什麼名字啊？

韓秀貞。

啊，怎麼一條狗叫個人的名字？

我哥哥說，來，韓秀貞你過來，你來啊，怕什麼？我又不打你。我哥哥面帶微笑，聲調腴軟如蜜，欸你這條狗怎麼叫你過來還不過來，我哥哥上前大腳一踹把狗翻在地上。那條狗哀號聲還沒嚥下肚子便又一個打挺立身成打揖的姿勢。

你看，沒有我的指令，牠怎麼樣也不敢改變這個動作。我哥哥說。

這是準星。他說。

這是復進簧導桿。這是復進簧。這是滑套。這是槍管。這是照門。這是槍機鞘。這是槍機。這是退殼鈎。這是撞針。這是撞針簧。這是撞針鎖。這是槍座。這是分解桿。這是槍管基座。這是滑套卡筍。這是連桿。這是阻鐵。這是拋殼桿鞘。這是保險桿。這是擊槌。這是擊槌頂臂。這是擊槌簧座。這是擊槌阻栓。這是釋放鈕座。這是釋放鈕簧。這是彈匣卡筍。這是彈匣簧。

這是扳機。他從一堆拆解成殘肢碎骸的機簧零件中，拿起一根銀灰色小指模樣的鐵鈎，對我說。

●

「我們還是分了吧。」女人又說了一遍。

陸標的第一個感覺是十分害怕。彷彿穿越了時間的迴廊，各式各樣的聲音或遠或近自兩側簷角的氣窗流洩出來：樓下的舊報販的吆喝、母親擰著他的手臂你愛不愛媽媽、監考老師在靜肅中來回踱步，當然更大部分是笑聲。

他感到全身發冷。我是如此不討人喜歡。他必須竭心殫慮想出各種把戲來逗樂他們。不能有任何息緩的間隙。一停止下來，他們便會發現我枯燥又惹人厭的祕密了。

「你聽我說，陸標，你不要做鬼臉嘛，」女人說：「你聽我說，我已經三十歲咧，你跟我這樣混下去——陸標，你靜下來不要鬧了好不好？」女人聲調哀愁起來，「就算是我們最後一次誠誠懇懇的談話好不好？」

「妳是我高中同學？」陸標尖著嗓子學著電視上一個保養品的廣告：「我是你高中老師——陸同學。」女人忍不住還是被他逗笑了。

總是這樣。他的女人一個一個離他而去。女人們很容易被他逗樂，但是接下來他不知道該怎麼做。總一定是在什麼他不知道的關鍵處發生了問題吧？似乎他天生就缺了某一部分的構造。

「陸標，相信我，分開對你是好事，你是這麼年輕，而我已經是老太婆了。」

彷彿穿越了時間的迴廊，兩側盈滿了瘋狂的笑聲，似乎那是他唯一可以印證人們對他愛意的一種表示。

十歲的陸標呆站在「魔術嘉年華」的攝影棚現場，台下的小朋友瘋狂地笑得東跌西歪。之前他額上綁著一條粉紅絲巾，背後繫著一件浴巾權充的粉紅色斗篷。那是他母親的傑作，起初他抵死不從，「像個呆瓜似的。」但是他母親竟堅持至眼眶紅了起來。後來他還是硬著頭皮上台。

他酷著臉洗牌，把牌分四疊發，按照「魔術大王」上的指示，剩下四張，各自用十三減去它們的點數，再重洗，照著減剩的數量重新濾牌，重複三次……然後他叫台下自願的小朋友上來。一個女孩子跑了上來。妳任意抽一張牌。女孩按著做。他再把牌放回重洗。面不改色。像個冷面魔術師。「黑桃三！」「亂講，」女孩說：「是方塊皇后。」台下屏息的聲音突然炸開。主持人也憋不住笑地跑來打圓場，「原來這個小朋友變的是歡樂魔術，是意外中的意外，魔術中的魔術。」

十歲的陸標後來便難看地穿戴著他母親強迫繫上的粉紅色頭巾和披風，在台上不知所措地嚎啕大哭起來。

……

「你別演戲了好不好，陸標？你不累啊？」女人厭煩地說。

「等一等，」陸標說。

事情就在那時發生。女人後來和她的友人描述當時的情況，還心有餘悸，「我到那時才知道陸標原來是個瘋子。」據說陸標那時像是一隻受驚的狗，朝著窗外的某一個方向抽動鼻子；然後他煞有其事地朝那方向做鬼臉，揮拳做恐嚇狀，豎中指比老二的姿勢……似乎當真在那個方向的某處有個看不見的敵人似的。女人起先以為陸標是衝著她做這個動作來嚇她。在他最後打算拉開拉鏈朝那個方向露出雞雞小便時，女人制止了他。

「夠了。你不能高尚一點嗎？」

「我不騙你。有人——好一陣子了，」陸標喘著氣說，眼裡的恐懼使女人幾乎相信他是說真的：

「有人在偷窺我。」

「他發現我們了？」我抬起頭問身旁的手槍王。

「我不知道。」他仍將臉貼在瞄準鏡上。

「那他在害怕什麼?」

「他害怕的是每一個人都害怕的事，」手槍王扣下扳機，但是瓦斯推進的塑膠BB彈，還沒越過高架橋，便無力地跌落在急駛而過的一輛水肥車上，「意義的耗失，輪廓在無力挽回的虛耗中模糊淡去。」

砰！

我是在常去的那間兼賣玩具手槍的模型店遇見那個叫做陸標的少年。

事實上當模型店的中年老闆有氣無力地推薦我新進口的MARUSHINGOVERNMENT有彈匣空氣軟槍時，我就注意到有個少年一直把右手伸進前襟，在我們周圍徘徊。

不會是個順手牽羊的傢伙吧。不過老闆似乎挺放心的，我便不去理會他，繼續聽老闆的介紹：

「……彈倉中如果沒有彈匣，滑套就會自動停止且不能射擊，這種感覺和真正的槍枝並沒有兩樣——雖然在基本功能上和原來的緩衝空氣軟槍幾乎完全相同，但是在採用瓦斯壓力緩衝實彈彈匣方式之後，其功能已經涵蓋了模型槍及空氣軟槍兩方面的終極……」

最後我還是沒買下那柄槍，不僅是那個少年在一旁擠眉弄眼的模樣幾乎已經引起我生理上的不快；且似乎那天老闆也有意無意地透露出一種厭倦的神情，讓我想快快離開。但是當我在那棟大樓底樓的電玩部玩一種用衝鋒槍解救人質的電動玩具時，那個少年又站在我的身後。

「嗳，陸標。」在我不慎將一對母子擊斃而將遊戲結束後，他這樣喊我。

我沒搭理他，又投了一枚硬幣，但是這回連第一關都沒過便結束了。

我從螢幕的壓克力玻璃反光看見他仍站在身後。「嗳，陸標。」他又一次喊我。

「我不是陸標，」我試著甩開他。不過是個乳臭未乾的金光黨或是嗅錯對象的販毒少年罷了。我告訴自己。「你認錯人了。」我對他說。

「對，對，我是說，我叫陸標，」他尖聲尖氣地說：「我知道你的事喲。」

我扔下他自顧離開電玩店，但這回他沒跟上來，並且篤定地在我走了一段距離後，才在後頭說：

「你前天剛和大你六歲的情婦分手。」他又補充了一句：「而且你前一天夜裡夢遺。」

我和大我六歲的情婦分手？唔，確實是分手了，不過是在前天嚒？感覺上像是很久以前的事了。他竟然比我記得我自己的事，竟然有人注意到我。我繼續朝前走著，心底卻泛起一陣恐懼：倘若他當真耗在原地，不跟上來，就任著我走開呢？但是他還是跟了上來：

「怎麼樣，陸標，不相信嗎？我還可以舉出更多：你十歲時在一個魔術大賽上穿梆；十七歲養了一條跛腿狗取了個你暗戀的女人的名字，後來那隻狗被你凌虐至死；那個女人被別人搞大了肚子那次，你還陪她去墮胎……」

我沒再搭話。

不是一直偷偷地這樣盼著嗎？在這個城市裡，萬一、萬一，當真有一個人，真正地在乎你是誰、做過些什麼，真正記得你，又不必像現在這樣，拚命地做著自己也不明所以只是因為其他人都在做的事，那是多幸福的一件事啊。有一次一個人到KTV，聽由小弟推薦了一支最流行的伴唱帶，一個人在房間裡百無聊賴地唱了幾條歌，內急跑出來上廁所，通過走廊的時候，發現居然所有的房間，所有的人都唱著和我同一支帶子上的歌。回到房間裡，螢幕上仍是一些臨時演員面無表情在作戲，沒有歌聲，音樂兀自節拍著，字幕也先打出框體再被填實。突然，一個人便寂寞無比地縮成一團哭了起來。

那時候當真是不死心地想掙離被遺忘的流沙，可是面目就是留不住地一點一滴漏去，有時甚至連自己也記不起自己長得是什麼模樣。有一次一連報名了「我愛紅娘」和「來電五十」，錄影時特地戴上海盜的眼罩，主持人問話心不在焉專注地對著鏡頭擠眉弄眼，最後當然沒有半個女人挑中我。但是我一個禮拜之內，接到無數通親朋好友兒時玩伴打來的電話。你小子真帥呆了。他們早先都忘了我這個人。那回卻都興奮極了。這原就是個寂寞透頂的城市啊。

「怎麼樣？陸標？」他說。

即使他是調查局的或是毒品集團我都不在乎了。我在心裡大喊。

「那麼，」他從懷裡掏出一柄手槍，似乎便是剛才模型店老闆向我推薦的那把，「留著吧，這可是真槍喲，你會用得到的。」這時我們已走在大街上，他卻把黑晃晃的一把真槍在手上掂著，我只好快快收下藏進自己懷裡。收下之後心裡又十分懊悔。

我便這樣一言不發任著少年帶著，走到一個社區公園裡，那裡有一座露天磨石溜冰場，場子裡只有一群高中生在溜著，他們溜得很好。溜冰場的外面，一群小孩子羨慕地趴著欄杆在看。

「他們每天都霸著場地不讓別人溜。」少年對我說：「他們很大條。」

「是嗎？那麼走吧，」我說：「反正我們不溜冰，讓他們去占著吧。」

誰知道這時少年竟然朝向溜冰場內罵起三字經，穿著輪鞋的高中生們一個接著一個停下動作，錯愕地朝向我們這邊望著。

「怎麼樣啦，幹你娘吔，」少年似乎和他們認識，亢奮地叫罵著：「有ㄒㄧㄠˊ過來哈。」

我開始感到自己被扯進一場叫人暈眩的爛帳糾紛裡。高中生們見我是個大人，多少有點忌憚，但是他們互相低頭商議了一陣，還是踩著輪鞋朝我們這邊溜過來。

「走吧。」我覺得自己的聲音在發抖，我實在不是適合這種場合的角色啊。

「怕什麼，反正你有槍。」少年這時興奮極了。高中生們由一個帶頭靠著我們這邊停下來，他們竟然有些怯意似地不敢直望我，只是狠著臉朝少年望。

「怎麼樣？」為首那個高中生一問，後頭另一個塊頭較大的像是壯了膽，又加上一句：

「你是不爽什麼啦？啊？」

「怎麼樣？哈，有話你們找我哥說啦。」他哥？少年面不改色，衝著我喊：「大哥，就是這些ㄠˋ仔，就是他們。」

我這時費盡全力才使自己不陪出笑臉，裝出一張想像中最像流氓的表情：「你們是什麼學校的？」

「啊你是條子還是教官？管我們什麼學校的？」為首那個大約是嗅出我不是什麼狠角色，笑著回頭對他同伴說：「幹伊娘雞掰，這款腳ㄒㄧㄠˊ也找來。」說著他們便解起鞋帶要把輪鞋脫了。

少年對我說：「大哥，拿槍出來。」

高中生們俐落地脫著輪鞋，嘴裡還罵罵咧咧叫我們有種別跑。少年一面回罵他們，一面焦急起來：「大哥，快拿槍出來啊？」我決定不再陪他耗下去了，掉頭便跑。「我先走了。」我說。少年似乎仍留在原地，我跑了老遠，還聽見他在後頭絕望地大喊：

「大哥，拿槍出來啊！」

「大哥，拿槍出來啊！」

最後我聽見他厲聲哭了起來：

「大哥，你分明有槍哇——」

我的哥哥上了國中以後，和他周圍築成的膜，似乎愈加濃稠而不易穿破了。他完全埋首於模型小兵的世界之中。他不再邀我參加小兵們的模擬戰事，而把更大部分時間，投入更精密困難的製作技術。他可以用焊絲將買回的模型改裝，他替一個營的官兵們修改了各自不同的表情、姿勢，那已遠超過模型附贈的設計圖上的難度。他自行將其中幾個焊成傷兵，紗布或潰爛的部分弄得幾可亂真。有一次我親眼目睹他將一個德軍ㄙㄙ親衛隊的軍官，用焊槍改頭換面變成一隻吐著舌頭垂著尾巴的獵狗。

一直到他高職畢業入伍而後退伍，我都沒再跨進他的縮小不動卻可任意修改的世界：小兵、裝甲、航艦、戰機、城堡，最後還有怪博士與機器娃娃或城市獵人的模型。此時他的技術或已到達出神入化的地步。因為有一回我竟然在他書桌上羅列的部隊裡，發現裝填迫擊砲彈的是我們死去多年的父親；被罰作伏地挺身的是我們小學校長；還有一頭軍營伙房外養的兩頭豬，是巷子口從小就欺負我們的詹家兄弟……我陸續在這支部隊裡，發現了我阿公、阿嬤、我媽媽、他的小學同學、附近商行的老闆，還有我。各自依著他情感上的好惡被分配角色。奇怪的是在這支部隊裡竟然有著一個女人，她似乎是重傷還是死去面色痛苦地躺在一張擔架上，我很快就發現在那女人一旁蹲著抽菸露出沉思神情的司令官正是我哥哥。

後來我哥哥又迷上了空氣手槍。但那是後來的事了。退伍後他由軍中的朋友攢掇著加入那家「直銷公司」，我猜度著以他的性格做這工作大約是很不如意。因為沒幾天我的同學便紛紛打電話給我。喂，陸發，你是不是有個哥哥叫陸標在做老鼠會呀，真的？那就沒錯。我媽媽說今天上午家裡來了個奇怪的推銷員，一進門就哭喪著臉在沙發坐下，然後自顧著把產品一件件從旅行包掏出來，背誦台詞那樣地照條說完。我媽只不過試探地指出其中一樣可能的缺點，他竟然便起身告辭。我也是那麼覺得呢，那麼，太太，對不起，告辭了。我一看留下的名片哎噢陸標該不是我同學的哥哥吧。我媽媽後悔地說，早知道是認識的，好歹也買他幾件東西，看他難過的那個樣子……。

我猜想我哥哥大約是把我們這附近所有社區裡每一家都拜訪遍了，還沒有拉到幾個客戶吧。他每天都天黑才回來，然後黯淡地坐在客廳，兩手交疊搓著。真是不容易呵……這樣寂寞地嘆著氣。事實上，他從加入老鼠會後，就沒再碰自己桌上的模型了。

我哥哥有一天過了半夜，才醉醺醺地回來。……才一瓶，才一瓶啤酒就醉成這樣……真不好看咧……但是，今天拉到一個客戶吔……那個男的……正要把我轟出去，突然沙發後面一個大肚子的女人，說，我們買幾樣吧……誰？韓秀貞……她抱著孕婦裝蓋著的肚子笑了起來……陸標，這回你演的是什麼？老鼠會推銷員？你真是個永恆的喜劇……

後來我哥哥便不見了。

我是說他消失了，徹頭徹尾地消失了。或者是在大街人潮裡擠著擠著，就擠不見了；或者是有人分明見他走進肯德基的廁所，便急的那個傢伙耐性地在外頭等了一根菸的工夫，最後捱不住敲敲門裡面卻沒人，把門拉開馬桶的水漩還在轉啊轉啊的。

除了我以外，沒有人注意到這件事，據說在這個城市裡每天以這種方式消失的人不下三十個。我按著他桌上一張名片找到他公司，一個戴老處女眼鏡顴骨甚高的女人吆喝著說，老陸快去快去，又一批傻鳥來受訓「行銷理念」了，你去會場打點看看要茶水什麼的；我去派出所報人口失蹤，結果值班的管區翻開戶籍根本沒我哥這號人物。

最初一陣我常按捺不住和我的朋友談論起我哥哥的種種，但是他們的反應一致給我一個印象：即是我在敘述著的那個「哥哥」，好像活脫就是另一個我自己。不是嚒？他們畏怯又善意地提醒我，自閉、駝背，偶爾跌入不自覺的瞑想和自言自語，沉醉在自己的模型小兵帝國裡，還有手槍收集癖，那不正是你嗎？

總有些什麼得完成吧？總不甘心就這樣不聲不響地稀薄而至消失。我開始坐在我哥哥的書桌前，把他擱置在桌上進行到一半的大和級「信濃」航空母艦模型繼續完成，奇怪的是像艦橋、夾艙這類精繁的焊黏技術我做起來也得心應手。慢慢地我沉進了我哥哥那個從前令我不解的模型世界裡。從早到晚，有時甚至通宵不眠，然後一個一個面目純良的小兵在我手下羅列出來。空閒時我拿著灌了瓦斯填裝了BB彈的空氣手槍，跑到陽台、瞄準街上面無表情走動的人們。

「碰！」我說。

只有一次我去我哥哥常去的那家模型店買新的模型時，被那個模型店老闆認了出來。

「有一個長得跟你幾乎一模一樣的人……」

「啊？他是我哥哥，」我驚喜不已：「別人都一口咬定我就是他呢。」

「唔、唔、是很難分辨，不過，不一樣、不一樣，」他像是了然一切：「他終於消失了？」

「消失了，」我像遇見親人一樣，「不過，周遭的人看起來，好像沒什麼差別。」

「是沒什麼差別，」然後他意味深長地說了一句結論：

「除了我們，只因為我們曾經在場。」

●

陸標在快到家門時隨著人群被一列自高架橋下來的車隊擋住了路。那是一隊送葬的行列。綴著黃花的小貨車一輛輛自高架橋上排了下來。不知什麼原因堵車，因為車隊擠得太近，喪家自不同處請來的穿制服的管樂隊和擂大鼓的武術館少年，便在橋的出口處，轟天震地賣力地較量起來。

陸標遠遠看見自己房間的窗戶在陽光下反射著刺目的白光。這是他第一次這麼站在外頭朝窗子裡望，可惜玻璃反光，什麼也看不見。

太陽很大。費力吹著喇叭的樂隊和擂鼓的少年臉上都泛著汗。這時車隊稍稍移動了一些距離。被阻擋在兩側的人車開始浮現一種焦躁憤怒的氣氛，有人在陸標身旁罵起娘來。

陸標覺得熱，想把外套脫了，突然想起自己懷裡藏了把槍。「陸標，你會用到槍的。」那個少年不是這麼對他說嚒。他把手探進夾克、反覆把玩著少年送他的槍，不明白少年的意思。

這是個什麼樣的城市喲。

有一回，在公車上，就親眼看見一個穿風衣的傢伙，不慎將懷裡的手槍跌在地上。除了擠在他周圍的人本能地向外圈挪了挪，車上並沒有人露出驚詫的表情。男人鎮定地一手仍拉著吊環，彎身將槍撿起，「對不起。」他把槍塞回風衣裡。

陸標的腦中突然出現這樣一幅景像，藏身在人群裡的，許多個和他一樣的，面目因為人們的漠不關心而逕自模糊下去的，跟他一樣，在懷裡兜著柄槍的。埋頭在城市裡走過商家看板下或櫥窗前，走著走著，便像個方糖那樣，慢慢溶化消失了。

送葬的車隊開始推進。載著管樂隊和大鼓隊的花車疾駛而去，然後載著靈棺的車也駛過，後來跟上的是幾輛五子哭墓的電子琴花車。上頭一個披麻戴孝卻滿面紅妝的女人正拿著麥克風聲嘶力竭地哭著。陸標怔怔望著，突然嚇了一跳。那不是前天才和他分手的女人嗎？

女人是不是不久前勸過他到殯儀館洗屍體呢。

一具一千五呢。陸標。

花車經過陸標時他把手伸進懷裡掏出手槍，手肘拉直瞄準著車上的女人。只有用意志創造了意義才能免去這樣慢慢消失的滑稽困境吧。準星下的女人面容痙攣扭曲，厚粉在汗水沖刷下早已紅白泥濘成一團，女人痛苦地認真地哭唱著。

陸標便就這樣擎握著槍，待送葬車隊一輛一輛過去。

陸標是在他夢遺的第三夜在他的房間裡上吊自殺。關於他上吊的整個過程我是由瞄準鏡裡一動斷續著一動準確地目擊。那時手槍王帶我攀在高架橋另一邊的一幢大樓樓頂，舉著槍瞄準他的房間窗口，手槍王用的是**SIG P210**，我的是**Vz 75 TARGET**。一輛挨一輛的果菜貨櫃車像是替他進行儀式一樣地將陸標上吊的過程像幻燈片的分解圖一樣，一個動作一個動作呈現得莊嚴無比。

第一陣強光打在他房間的時候陸標埋頭坐在床沿，似乎在認真思索，然後貨櫃轉彎，他的房間又沒入闃黑之中；第二輛貨櫃車隔了許久才來，所以陸標再度出現在光中時已站在椅子上在屋頂綁繩結了；然後車燈或光的頻率就規律多了：他消失了一會（我想他大概是先去上個廁所，免得屍體被發現時一褲襠的尿）。然後站在椅子上。沒入黑暗。將頭探進繩套裡。沒入黑暗。腳下已不再踏著椅子，大概在黑中被他踢倒了。後來他開始在間斷的強光裡作一種輕微的擺臂動作，我們恍如在看一隻慢動作播放的垂死的鳥的展翅。

最後一陣的黑暗持續得較久，下一輛車將光柱再打進陸標的窗內時，他的手臂已停止擺動，隨著身體瘦伶伶垂著。最後一刻我從瞄準鏡裡清晰地看見：似乎堅持了許久，他終於將舌頭從口裡吐了出來。隔著這麼遠，我幾乎還聽見他一迸吐出的最後幾個字：

「像活在塑膠袋裡一樣。」

（他還是沒有用我給他的那把槍）

底片

我在這個城市的這條街的這張椅子上已經足足坐了四個小時又七分鐘。而從頭開始唯一和我對話的便是我面前那個櫥窗的海報上的淡眉毛女人。這是一家仕女服飾店的展示櫥窗裡的一張海報。海報中的女人，淡眉，除了紫色唇膏的菱形的嘴，雙手交叉抱肩，穿著網狀毛織背心。兩個胳膊瘦條條地將她的胸部遮擋起來。

我在這張椅子上坐了許久，始終沒有找到我的小說課老師給我們的那張照片中的背影的主人。我已經在這條街上的這張椅子上連續待了七個晚上了。

「孩子們，去找出它們的主人，」我的小說課老師興奮地說，把數十張身分各異的人物背影照發給大家。我拿到的是一張蓄長髮穿豬肝紅運動背心（球衣號碼14號）；坐我旁邊的小咪愁眉苦臉地把她拿到的照片遞給我看，那是一個露著青白後腦勺戴軍帽的軍官背影，佩在腰際的軍刀挑釁似地橫在屁股下方，「找出他們的傳奇和身世，讓這些背影，告訴你們它主人的故事。」

最初我試著盡可能地到所知的球場和運動場，專心地探尋是否有習慣穿14號球衣或是蓄長髮的傢伙（不知為什麼我直覺那個背影的主人是個男的）。但是皆無所獲。我又試著打聽我們學校美術系系隊的球衣顏色（因為那些半生不熟的藝術家們全像制服一樣留著長髮），得到的結果十分令人振奮，因為他們的球衣顏色正是赭紅色。

於是我在一次他們練球時到一旁觀看，可是身穿14號球衣的傢伙竟是個光頭。我認定必然是新的風潮出現最近流行光頭，便上前問他是否從前留了一頭披肩長髮，卻差點為此被揍。一旁拉架的人善意地告訴我說他是打娘胎出來就光溜溜一粒禿頭，很為此自卑，從不允許別人拿這個開玩笑。

於是我檢討自己的探索方式，必然是哪裡出了問題，這樣下去無異海底撈針，幾趟下來看了不少場爛球賽，對照片中那個背影的身世依舊一片空白。我仔細端詳照片中那個14號球衣傢伙置身的背景，發現他似乎是站在一張有一個模糊女人的海報之前，在端詳著那個女人：再仔細研判之下，我確定他和那張海報之間隔著一層玻璃，他是站在一個櫥窗外頭看著櫥窗裡的海報。這時我也證實原先在海報一旁斜斜舖開的模糊顏色（像醬漬抹布或是塗在牆上的顏料），極可能是展示中的衣服。那麼這個長頭髮的傢伙正是像個傻蛋一樣站在一個服飾店的展示櫥窗前，海報中的女人是個推銷衣服的模特兒。

我很容易便在東區的這條街上找到了有這張海報的這個櫥窗的這家服飾店（因為照片中女人的左上角有模模糊糊的**FASHION**這個字，我找了十一家同樣叫這個名字的服裝店，最後找到此處），便在櫥窗前供人閒坐打屁調情的長條椅坐下。

按我的想法，照片中的傢伙必然會再度於此亮相，那我不就可以守株待兔一網打盡了嚒？但是我在這張椅子上坐了七個晚上四小時又七分鐘，我飽覽了整個城市遊蕩於此藏匿於此的財閥、貴婦、妓女、毒梟、乞丐、人渣和作家，就是始終沒有發現那個穿14號豬肝色球衣蓄長髮的傢伙。

不知從何時起我開始對這些來往的各種裝扮的人物失去興趣，被櫥窗中的海報女人吸引，我發現在我百無聊賴地盯著人們的衣著打扮髮型瞧的這些時間，她比我更有耐心更無聊地盯著我瞧，於是我也狠狠地盯著她突然有一種奇異的感覺，我覺得她似乎可以告訴我許多我苦苦尋覓不得的情節；實則不是，她只是喚起我一些丟失已久的回憶。這些回憶，我曾經以為它們早已黯然消失在遺忘的銅門外，但如今歷歷在目，其實自始便清晰如昨。

當我驚覺我的眼神漸漸被她淡眉毛下的得意眼神死死纏牢時，已經為時已晚，不能自拔。

海報中的這個女人我認得。

那是國三時，在我們高中聯考的前夕，我們焦頭爛額地在我們導師家惡補發生的事。在一間賃租來的四疊榻榻米大小的小閣樓，我們的導師在陰慘日光燈下，精力充沛地帶領著四、五十個學生，背誦英文單字，幾何類題，以及改編成「你那假如設法美女心鐵喜錢新……」的化學元素表。照例在九點過後，將近下課的時候，狹仄的小閣樓裡，只剩下我們導師那聽不出一絲疲倦的宏亮嗓音，以及呂立抵死追從的平板聲音。其餘的學生不是早睡著了，就是不耐煩地看著錶，或者像我這樣想出一些打發時間的方法：我把我暗戀的一個忘記叫什麼如的班上女生的名字，拆成一筆一畫，反覆地在參考書上書寫。於是在別人看來只是一頁七橫八豎布滿了原子筆線條的書上，其實已狡猾留下了我痛苦壓抑的少年情懷。

每當這個時候，海報中的這個女人——她那時不過是個在我們導師家幫傭的年輕姑娘——便會從我們導師家過來，在樓下乒乒乓乓地打掃起這間賃租來的兩層房子。她似乎和我們站在一線那般地用各種方法阻撓我們導師驚人的毅力和上課欲：一會兒帶著謙卑的神情進來將黏滿了一層鮮黃豔紅粉屑的板擦拿到陽台（就在我們這間四疊榻榻米大的「教室」旁邊），噼叭噼叭打將起來；一會兒又帶著更謙卑的神情打斷我們導師力挽狂瀾的決心（彼時整間「教室」無禮地充斥著鼾聲、竊語和有些搗鬼傢伙故意事先調好對時的電子錶報時鈴）。對不起，先生，這杯茶可以拿去倒了吧，喔，對了，太太說這個月的薪水叫我來向先生拿。待我們導師粗憨著嗓音說：「好啦好啦，知道了。」將她攆出去之後，她又在隔壁樓梯間的廁所拉起沖水繩，用狂瀾一般的水流捲去糞便的聲音，將我們導師妄圖提高的嗓音淹沒。

這時候，導師先生才會放棄抗爭，嘆口氣，把書闔上，宣布下課。

當我們爭先恐後地掙擠著從那個搖搖欲墜的木樓梯下去時，那個淡眉毛的女人便面帶微笑地站在廁所門口，看著我們。我自然不願像那些蠢透了的傢伙一般，不敢正眼瞧她，卻尖叫著正在變聲的嗓子大驚小怪地嚷嚷。我總是朝向她，像同謀者那樣地眨眨眼，然後露出會心的微笑。

而她自然亦回報我同樣的眨眼和微笑。

（我考慮著要不要在這個回憶裡加上這麼一段：一次放學我最後一個離開，下樓梯時淡眉毛的女人沒有如常站在廁所旁，卻從只容一人身寬的狹梯下上來，像是計謀好了以下的一幕：在錯身而過的一瞬，她在陰暗的光影裡仰起臉，掀著稀薄的眉毛，咧開菱形嘴衝著我笑，然後手往我胯下卵蛋狠狠捏了一把。我彎著腰離開那棟陰慘日光燈的房子，帶著少年的惆悵和模糊的欲望，騎上腳踏車回家。）

背景之重要

小咪打電話給我。

「天啊，難道要我去國防部借調全國軍官資料，或者是一個軍營一個軍營地去查？」我試著安慰她，並且告訴她我守候在照片中那家服飾店外面的辦法，勸她是否注意，照片的背景，也許提供了某種看似無奇，其實十分重要的線索。「想想看，一個穿著背心球衣的運動員或許沒有什麼故事好講，但是一個穿著背心球衣的運動員出現在東區的這條繁華的大街上？」

在我正將開始沈迷於這個神祕卻純潔的儀式——在每晚補習課結束的狹隘樓梯間，向著廁所門前的淡眉毛女人眨眼和微笑——淡眉毛女人卻突然悄悄消失。第一個晚上，除了我之外，班上的同學們似乎沒有注意到這個變化，只不過那晚我們的導師卻毫不受阻的狀況下暢快無比地講課至將近十點才下課。

第二個晚上女人還是沒來，第三個第四個晚上我們都疲倦不堪地捱到十點才得回家，一些關於淡眉毛女人的謠言和臆測便開始在同學之間傳了開來。有人說淡眉毛女人已被我們的導師解僱——當然不會有人無聊地把原因簡單歸為她每晚在下課前的例行攪局。早熟一些的同學說他們早就看出淡眉毛女人是我們導師的「黑市夫人」（那時好像有一部陸一嬋還是陳麗雲主演的社會寫實片就叫這個名字），每晚下課後的這段空檔便是他們偷情的短暫時光，這也是為什麼淡眉毛女人肆無忌憚地每每都準時在下課前出現，催促我們的導師早早下課。但是好景不常，他們的事情被師母發現了，於是淡眉毛女人只好走路。

這個富想像力的推測被另一個證據鑿鑿的說法給徹底粉碎。後者指出，咱們的導師絕不是那種罔顧道德的男人，他與淡眉毛女人之間，不過是清白不過的主僕關係罷了。事實的真相是，淡眉毛女人根本就是個不折不扣的妓女，她在每晚補習課結束，所有人離開後，便帶著私通的男人到我們上課的房間胡搞。

告訴我們這個說法的人是呂立。他在班上的成績雖不過中等，卻無疑是班上最受我們導師的寵信，這除了他清寒的出身、傴僂的站姿、一千多度的厚鏡片眼鏡所造成的老成形象外，自然主要和他對我們導師那種近於信仰、抵死効忠的態度有關。

說良心話，包括我在內，班上的人沒有一個喜歡呂立的。我們在暗地裡給他取了個「呂公公」的綽號，那就是太監或者宦官的意思，因為他實在太愛打小報告了。原先班上的風紀股長由我的朋友徐大柏擔任時，大家都過著風平浪靜的好日子，但是自從徐大柏在背後講了一句譏嘲我們導師身材的什麼話，被呂立密奏上去而遭撤換後（當然新任的風紀股長便是呂立），我們全班都活在一股肅殺的恐懼氣氛中。

「誰敢說老師是那種背著妻子偷腥的男人？」呂立目光灼灼，嚴正地逼視著我們。我們面面相覷，不敢反駁。

不過若說我們是因為害怕被舉發而強迫自己接受了那套不是真相的說法，那也並不公平。因為呂立不是信誓旦旦地賭咒，他確實親眼目睹了淡眉毛女人和「她私通的男人」，在我們那間四疊榻榻米大小的房間「亂搞」。

據呂立說，那天他下課之後，走到半路，又想起一件什麼東西留在閣樓忘了帶，便又轉回去。在他掏鑰匙開門乃至登上那架嘎吱嘎吱作響的木梯時，他壓根兒都沒想到屋裡會有人。但是當他上了閣樓，手還放在開關上準備開燈時，發覺闇黑中有四道目光警戒地望著他。

「我……我，來，拿，拿東西的。」

閣樓外稀薄的水銀街燈把房間裡的情形模糊勾描出個大概：他們（淡眉毛女人和她的情人）把上課用的長條桌全併到房間兩側，一對男女裸裎著相擁在中間狹窄的空間，厚顏無恥地盯著他黑裡跌跌絆絆找東西的狼狽模樣。最不可忍受地是淡眉毛女人竟然像個蕩婦那樣響亮地笑著：

「小男生，你緊張個什麼勁！把燈打開找呀。」

「簡直把課室的神聖性給糟蹋盡了。」呂立氣憤地說。

（我再度考慮是否將淡眉毛女人在狹仄樓梯上猥褻的主角改為呂立：被他撞見隱情的第二天晚上，呂立打算下課後在外頭等我們導師，把這一個醜聞向他匯報，但是誰曉得在他下樓梯時，淡眉毛女人像個精密地執行一幕暗殺計畫一樣，從只容一人的樓梯上來。錯身而過的一瞬，她溫柔地、乞求又挑釁地握了他的卵蛋一下。

告密之事被呂立延擱下來。他痛苦不已，對導師的忠貞和對自己肉體模糊情欲的忠貞，兩種忠貞在他體內翻攪爭鬥。最後他還是選擇了前者，困苦的身世也提醒他，抽象的權力世界要比實際的官能逸樂，要可靠得多。）

我們雖然都被呂立那歷歷如繪的描敘給弄得瞠目結舌，但是心裡的納罕卻轉到另一方面：雖然我們導師屢次在課堂上或者惡補的賃租閣樓裡，公然褒獎著呂立，要我們拿他家境困苦卻力學不倦的典範來學習，但是竟然信任他至於讓他也配了一把閣樓的鎖匙，可以任意進出，他們之間，是不是有什麼祕密的關連？

「那還用說，」徐大柏沈著聲對我說：「他還不是那個矮子伏在我們之間的眼線，講難聽些，根本就是錦衣衛！」

每晚在四疊榻榻米大的房間裡，惡補的煎熬仍在進行，我們的導師像是根本沒發生過任何事一樣，聲如宏鐘地講課。我在參考書上不再拆解重複那個叫什麼如的女生名字，而是不知不覺地畫上淡眉毛女人的臉孔。我並且憑空揣想，畫下她眨眼睛和作各式鬼臉的神情。

因爲瞌睡而漏抄的一條

你在聽嗎？我在聽。我說了什麼？妳說我們導師和妳有一腿，不過那本來就是妳設計的，妳是為了替姊姊報仇，喬裝成女傭潛進我們導師家。胡說，胡說。妳說由於我們導師的告密，使妳善良的姊姊被捕入獄，害得妳家陷入經濟的絕路和無告的恐懼，妳患癡呆症的父親和糖尿病的母親，受此打擊，因為憂憤過度，相繼謝世。胡說胡說。於是妳在少女時代便立下宏願，要除盡天下所有的報馬仔。胡說胡說。妳加入了「島內反特務組織」的第四縱隊，14號球衣的傢伙，是妳的上司？妳的愛人？還是反間諜戰大火拚中負責踩住妳的對方頭號特務？胡說胡說胡說胡說。

胡說

小咪告訴我一個奇怪的情報，她說她假托創作上的疑難，跑去我們小說老師家，誰知道小說老師概念混淆次序顛倒回答了兩個問題後，便兀自打著酒嗝像塘鵝那樣把脖子縮進胸腔裡垂頭睡著了（原來那傢伙是個酒鬼）。小咪踮著腳在小說家臭氣燻天的屋子裡東聞聞西嗅嗅，看看能否找到一些關於照片的線索。

「果不其然，」小咪激動地說：「在一間道具房裡，我找到了一套和服，一套滿清郵務大臣的官服官帽和辮子假髮，一套功夫裝，一套俠盜羅賓漢的裝束和箭袋，還有你那件苦苦追踪的豬肝紅14號球衣背心……」

「那麼妳自然也找到妳要的那套軍服囉？」

「沒有，我找了半天，就是沒有。我照你的話仔細去端詳了照片中穿軍服的傢伙所在的地方，結果你猜背景是什麼？金門莒光樓！殺千刀的，我猜那個酒鬼八成是絞盡腦汁製造了許多張仔說的『錯置背景』的照片，最後掰不出來或沒錢買戲服了，便隨便拿一張軍教宣傳戰地風光明信片來搪塞，偏被我拿到，殺千刀的！」

徐大柏是那時我們班唯一沒有參加「晚間輔導」的學生。剛開始班上也有幾個自恃甚高的好學生也沒有參加，但是過不了多久，他們便在我們導師頑強的意志和怪異的策略下先後屈服。我們導師或者每天打一通電話給他們的父母，說什麼貴子弟最近不知道為什麼事分心，上課老在作白日夢這一類的話；或者是故意把一些怪僻的題目不在課堂講而留到晚上，然後讓那些傢伙在第二天的考試中對著考卷發傻。不過徐大柏是唯一一個自始至終都堅守陣線的。這使他在班上被孤立為異端，連那些當初話說得很滿事後卻被迫屈服的傢伙都譏諷他裝模作樣。

「隨他們要怎麼，」徐大柏忿忿地向我抱怨：「反正老子沒錢。」

我和徐大柏在小學時代就是同學，國中時又分在同班，他那種執拗的個性我早就領教過，在這一點，我確實不像班上其他人那樣，認定我們導師精悍的鬥志必定會迫他屈服。

小學時代的徐大柏，已經在各方面顯露出那種天生的領袖氣質了。他沈默寡言，玩伴們為一些小孩之間簡單無聊卻又堅持的原則起爭執時，他總是在最恰當的時候（通常是爭執雙方已辭窮或厭膩，開始有一句沒一句地拌嘴時），簡明扼要地作出結論。那時他幾乎是班上各小山頭的頭目之間，共同尊奉的領袖，但是他似乎除了我之外，在班上的其他人之中，並沒有所謂「死黨」。我那時也常為自己的平庸，居然可以受到這個第一號領袖人物的寵信而感到心虛不已。直到這些年來，我才慢慢體會，就某方面來講，毫不懷疑的信仰和忠忱，其實也是一種罕見的氣質。

「我要的是完全的效忠。」那時，甫十來歲的徐大柏便這樣告訴我。

但是他一樣抵死堅持的怪癖，就是雖然他幾乎每次放學後，都會到我家蘑菇個把鐘頭才回家，但是一提到他家，他便嚴厲地獨裁地不讓我去。

「為什麼你就是不肯讓我去呢？」我常常被這個壓抑的狐疑攪得心癢難搔。

有一次，少年的狡猾使我想出一種利用終極的誣陷迫他說出真相的辦法，「ㄡˊ——我知道，你家有匪諜。」在我們那個時候，白色恐怖的氣氛在校園內確實散放得相當成功。在我們孩子之間，即使在為了遊戲或爭執翻起臉時，也不敢輕易跨過這個禁忌。

「我要跟你爸講。」在我還不及反應自己這個玩笑（或逼供的心機）是如何失敗得一塌胡塗時，徐大柏已拗執地往我家走。沿途不論我如何道歉，哀求，甚至用玩笑的態度說：「好啦，不要鬧了啦，以後我不堅持去你家了。」他仍舊板著臉，把我拽扯他書包帶的手甩開，頑固地前進。

按了門鈴，我父親職業警官的嚴肅聲音傳了出來，「誰？」「伯父，」我父親打開門，被我們的表情嚇壞了——徐大柏充滿了玉石俱焚的悲愴神色，我則在一邊哆嗦不已。

「發生什麼事了？」我父親的臉色也凝重起來。

「伯父，他硬要去我家，我，我不給他去，他，他，……他就說，」早熟性格的徐大柏這時居然抽抽噎噎地哭了起來，「他就說，我家窩藏匪諜！」

我也嚇得哭了起來，絕望地辯解：「我只是開玩笑的。」

我的父親看看我又看看徐大柏，平時精幹的警官作風變成不知所措的愕然，有一瞬我幾乎以為他要笑出來。但是他很快又恢復了正直的腔調，摸摸徐大柏的頭，然後輕輕在我頭上敲了一記爆栗。

「好，我會處罰他。」

我和徐大柏第二天又握手言和。我照父親的指導，故作抱怨的神情，騙他前一晚被我父親狠揍了一頓；徐大柏也邀請我到他家——原來他家是一棟緊傍著河堤搭建的違章建築。紅磚砌的牆也沒糊上水泥，屋頂便是一塊木板披上塑膠篷，上頭再用幾塊磚壓著。如果不是他帶我來，我再經過這裡幾回，都必然以為是河邊砂石工人的工寮。

不過從此以後，徐大柏再也不肯上我家了。

在歷史的背面

淡眉毛女人在櫥窗的那一邊用力拍打著玻璃，像是焦急地要告訴我什麼。但是我聽不見她的聲音，只看見她的嘴，努力又徒然地，無聲地張合著。

不過，即使如此，至少在徐大柏被撤去服務股長的那個下午之前，我對他始終是言聽計從，甚至可算是個嘍囉的角色。我也曾企圖在力氣上超過他或是在他發表宏論時對他進行辯駁，問題是他太強了。他的身軀和臂力似乎早跨過青春期的青澀，進入成人的階段，他的雄辯往往使我絞盡腦汁的質疑，三兩下便成了無聊的自討沒趣，以至於在他因為成績每下愈況（我們導師陰謀的考卷）而接連被撤去職務的那一陣（由班長貶為風紀，再由風紀貶為學藝，再由學藝貶為體育，最後竟被貶成服務股長），我仍是樂觀地為他打氣：「至少你還是幹部，那總比我們這些老百姓強吧。」

但是我安慰他這句話的第二天（也就是他服務股長新官上任的第二天），我們的導師突然在課堂上宣布改任我當服務：「不行，徐大柏，你的成績糟透了，應該給你多一點時間讀書。好罷，張三丰，以後你就接服務這個位置。」

那天放學，在我尷尬萬分地監督全班打掃教室的過程中，徐大柏始終不用正眼瞧我一下，十分認真地打掃。

我們如常一起走在回途的河堤上，以往這個時候，即使是在他被貶為服務最低潮之際，都是徐大柏壟斷了大部分的對話，他滔滔不絕地大肆批評班上哪幾個是小集團，哪些傢伙是陰謀分子。就算是沒話可說時，他也不安分地拿石頭K人家院子裡的木瓜，或者當街倒立，或學飛機俯衝那樣衝下河堤的斜坡再衝上來。

但是那天，我們兩人都悶不吭聲，枯燥之極地走著。

「說不定武大郎看出了你是我剩下唯一的朋友了，要挑撥我們。」

「我也不想幹啊。」我謹慎地回答。

「那好，」徐大柏突然停下不走，定定地看著我：「你明天去告訴武大郎，說你不適合這個工作，請老師再換個人吧。」

「不行啦——」

「我命令你去。」

「憑什麼？」

連我都被自己迸出這句冷颼颼的話嚇著了，徐大柏不敢置信地盯著我，臉孔被扭曲成一種絕望的猙獰，「已經開始生效了吧，武大郎還真有他一套。」然後他就在河堤上，不管許多其他的路人，撲了上來，將我壓倒在地。那時我所有反抗的動作竟然像個被姦淫的女生，又踢又掙又咬，然後絕望地任他撳著我的手腕，把頭偏向一側。

「如何？」他氣喘吁吁，用著征服者的亢奮語調問我。

我轉過臉來，迷惑地看著他，良久良久。

（我斟酌許久，不知是否要在此處煽情地加上我感覺他巨大的陽具抵在我的肚子上。因為在權力傾軋的象徵動作中，陽具的介入，等同於毫無逆轉餘地的侵略和強暴。但是不知道我的小說老師讀至此，會不會以為我是個同性戀或者像三島那種提倡雄性肉體美學的偏執狂。）

徐大柏把手放開，站起身，「哈哈！」他拍拍腿上的土。

我也站起身來：「哈哈！」

我們互相凝視住對方，心裡都知道，無論如何掩飾或玩笑，角力或少年的鬥氣，有一些本來可以單純解釋的什麼，我們都回不去回不去了。

不斷修正中的底片

「我的故事大綱都出來了，」小咪興沖沖地告訴我關於她那張軍人背影相片的故事。

第一個故事是一個老兵在「六四」那一陣在家看電視，看到中共人民解放軍向百姓開槍的慘烈鏡頭，突然發瘋。他穿著軍服拄拐杖（因為他輕微中風）衝進中正紀念堂哀悼示威的人群裡，恐怖地大喊：「我不是故意的！上頭騙我說他們是暴民，我不知道！我不知道啊！」後來被送到精神病醫院，醫生在調檔案時發現：原來在四十多年前的二二八事件中，他曾屬於鎮壓台北的那個部隊。

第二個故事是說一個孩子出生不久父親就把他右手食指剁掉，於是在他滿兵役年齡後便因體檢不合格而免於徵召。但是年輕人的熱血及對陽剛美血的憧憬（電視上軍校招生的廣告？）使他補償性質地迷上了小兵、戰車、戰艦這一類模型，而其中又以田宮模型廠製的德軍日軍模型最受鍾愛。在無法忍受的激情下，他偷偷存錢去訂作了一套軍服，並且自己拍了張半身照，放大掛在房間。

誰料到他一向沈默溫馴的父親知道後，狂風驟雨一樣把照片撕了，模型打爛。原來他父親那一代全和軍人結下了一堆胡塗爛帳，他大伯被日軍征至南洋，成了砲灰；二伯在「二二八」被打得腦袋開花；小叔在古寧頭戰役壯烈殉國。

「只要我活著，」他父親含著眼淚說：「就不容許他們給你穿上軍服，送往墳場。」

「太激情了一點，」我說，心裡想小咪是不是瘋了。

「還有第三個大綱，是有點現代花木蘭的味道，照片中的主角原來是替父從軍的……」

我打斷她：「啊，停停，妳要交幾篇啊？」

「欸，這個可香豔多了……」

「妳聽我說，小咪，我們苦心收集諸多線索的最初動機，便是在背臉向著我們的一片空白中，找出蜷縮在內，最接近真相的可能，是要自不知真相的困境中拔身出來，但是妳現在——妳現在跌進了另一種困境，妳已經迷失在有能力大量衍生和拷貝不同的可能的歡愉裡了。」

小咪沈默了許久，問我：「但是在空白的背後，真的有一個，真相，在那兒忠心耿耿等著我們嗎？」

我們的導師據說是出身刻苦的農家，憑著他驚人的毅力和堅持，從公費的師專到插班考師大，然後再以他傲視諸人的精悍，成為我們學校升學班的王牌老師。他在學校裡始終是不用正眼去瞧其他的老師，我好幾次看見在走廊上別的老師向他微笑問候，他卻昂首跨步視若無睹；有幾次我們一大群同學考壞被叫到導師辦公室，其他的老師正輕鬆地喝茶聊天，他卻旁若無人用宏亮的嗓音詢問：「考幾分？」並且狠狠用籐條抽打，致使整個辦公室懾服於由他營構起的肅殺氣氛。

「當兵的時候，」他常常自豪地告訴我們：「開始我只能作十下不到的伏地挺身，而連上的其他人至少也能作三、四十次以上，後來我下定決心，每晚寢室熄燈後，自己摸黑在統鋪苦練，十下、二十下、三十下……到了我做到二百下時，全連包括那些排長班長，沒有一個人做得比我多了。」

有一次我忽然想到：我們的導師其實是個心思敏銳的人。這樣一個人想必十分清楚我們暗地給他取的「武大郎」的綽號。他是要如何努力才能夠抑制自己在一張張無辜仰視的臉孔前，不至於露出洞悉了他們的嘲弄蔑視而湧起的恐懼。一個只能做十下伏地挺身的人可以靠毅力在每夜偷練而累增至二百下，但是一個三十歲的中學老師，如何去改變他一四八公分的身高呢？

我猜測著我們的導師在這種單憑毅力無法填補的絕望深淵裡，想出了一個仍舊是絕望的辦法：從他自講台上賤蔑地俯瞰我們的神情，我懷疑他陷溺在一種自以為是巨人的妄想之中。而確實在我的記憶裡，對於我們的導師，也因為他宏亮的嗓音，超人的毅力，而只存在著模模糊糊一個很龐大的感覺。

只有在那個清晨，升旗前早自修的時候，那個曾打了徐大柏一巴掌的女老師，在校長陪同下被幾個便衣情治人員帶走時，我們的導師才唯一一次，在我們面前，露出了他極其脆弱的一面。

據說那位女老師是因為私下研讀馬克思被舉發而遭逮捕。之前她曾經「消失」了一陣子，學生們都耳語紛紛，謠傳發生了各式各樣情節的事故。後來她又出現在學校，上了兩天課，就在早自習給學生檢查連絡簿的時候，被校長喚到走廊，由情治人員帶走。

那個清晨我一開始就預感似地覺察了氣氛的異常。早自習時我們導師如常地給我們抽背英文課文。我也如常地因為沒有準備，在早晨上學途中硬吞活塞了幾句之後，便絕望地全盤放棄，只在座位上虔誠地祈禱千萬保佑不要叫到我。

這種在抽背前胃抽痛膀胱發漲苦苦祈禱的情境，我到今天仍感受清晰恍如昨日，甚至猶常常在噩夢中出現。但是那天清晨，從我被抽中，硬著頭皮上台，囁囁嚅嚅背誦了些，到像一個被遺棄在台上的演員那樣不知所措，我始終都由於另一種旁觀者的好奇，而忘記（或者沖淡）了我應有的恐懼和困窘。

應該說是我們導師在我背不出課文那一瞬的反應，掩過了我的困窘。

當我難堪地呆立在台上，全班同學都抬頭看看我，然後似乎若有所悟（這傢伙該糟了）地微笑低下頭去時，我們的導師卻在一旁的椅子上發楞，毫不覺察我背誦的中斷。就是在這時候，那個隔壁班的女老師在那些情治人員的押解下，經過我們教室前的走廊，由於她的臉色平靜，絲毫沒有任何反抗的跡象，所以在當時，我們並沒有感到發生了什麼了不起的大事。

但是就在這一刻，那個女老師像是預先設計過，十分突兀地把臉轉過來，直直看著我們導師。她雖然說是「看看」，但是臉上表情並沒有什麼變化，並且仍然順從地跟著情治人員走。

我不知道台下的人有沒有像我一樣注意到這一幕，我清楚地看到我們導師像孩子一樣被嚇呆在椅子上，在那一瞬間，他的臉上迅速地出現了好幾種表情的企圖：輕蔑威嚇害怕求恕若無其事活該倒楣，但是他一樣表情也沒有擠出來。待他們走過我們教室前，從視野消失後，我們的導師便當著全班同學的面把臉埋在手掌中，沒有聲音地哭了起來。

就是在那一個清晨，我清楚地看見我們的導師，無論他的聲音多麼宏亮，抽藤條多麼用力，但是在哭泣的那一瞬，他實實在在，是一個身高一點四八米的矮子。我從此再也沒有跟著同學們私下喊他「武大郎」了。

過了許久，我們的導師把頭從手掌中抬起，有些詫異地望著仍在台上的我，疲倦地（甚至有點討好地）說：

「啊？背完了？好，很好，很好，可以回去了。」

後來有人告訴我，那個隔壁班的女老師被捕，就是我們導師去告的密；又似乎有這麼一種：說我們導師小的時候，因為他小叔一時好心收留了一個素不相識的「叛亂犯」，而竟株連使包括他父親在內的幾個兄弟全被逮捕，並且秘密處決。

對這些說法，我記不太清楚了，而且我也忘了，它們到底是徐大柏私下告訴我，還是呂立放出的風聲。

讓角色告訴你該如何去寫

打開櫥窗，走了進去，裡面是一扇又一扇盈滿光和聲音和情節的門，每一個門縫都失去控制地溢流出讓我錯愕陌生的回憶。「發生過這樣的事嗎？」到後來我已無暇多問。淡眉毛女人依舊交叉雙臂，紫色的嘴唇像決堤的水閘，滔滔不絕地回敘著那些往事。告訴我吧，把真相告訴我吧，初始我猶優渥從容地勸誘，最後，變得忙不迭地將一扇扇爭相打開的門關上。

「告訴我最後的真相吧！」我站在漫淹到膝，混濁的情節之中，絕望地大喊。

一開門，她在那兒，全身赤裸，臉上空白沒有半點表情。將背影扳過臉來，推理的窮途是一面空白的牆，張開的全是我自己的故事。十年前日光燈黯淡四疊榻榻米大的房間，我們導師的課沒有終止地延伸下去，淡眉毛女人自始至終便不曾出現，我期待的闖入者俏女傭打板擦沖馬桶的水流聲一直流產在聯考前那段陰慘的回憶裡；呂立考上了第一志願我卻落榜在一家撞球店看他勾了個騷包女生不改書呆子的口吃毛病指著我別別理他他是是個妄想症；重考一年混上了所普通高中卻聽說徐大柏重考兩年都落榜在一家修車店學黑手，同學會時大家T恤牛仔褲女孩子全摘去眼鏡燙了鬈髮，只有他一套笨重的西裝，打躬哈腰向大家遞名片，據說自己奮鬥開了一間小具規模的修車廠。整個同學會因為他的出現弄得滑稽不已。

也遞給我一張名片，打著哈哈說我現在是文人了，自己是個粗人談吐不雅請不要見笑。「你還記得那次被撤去服務股長的那天下午，在河堤上將我壓倒嗎？」我有時也弄迷糊了回憶中哪些是真實的哪些是虛構的。

「哈哈哈，你是在嘲笑我現在像個蠻牛的身材吧！真是，真是，是做工做出來的，」便又拉住另一個從一旁走過去的同學，照例打躬哈腰遞名片，「有車子要板金噴漆校正方向盤避震器，來本店，老同學一概八折。」

原來再度弄錯了。耿耿於懷的那個下午，從來就沒有發生過任何事。

被告密匪諜的隔壁班的女老師呢？我望著那轉過來的背影空白的牆，投去無助的迷惑的一瞥。

「你是誰？」淡眉毛女人一隻手遮住腹下，一隻手掩住前胸，將情節吞噬的空白表情開始崩潰剝落，扭曲成巨大的恐懼和敵意，「怎麼亂跑到私人化妝間來？來人啊，非禮啊——」

她開始尖聲嘶喊起來，我掩住耳朵轉身便跑，臨去前拾起街邊一個小攤陳舊的練腕力的鋼珠，朝玻璃櫥窗裡那個剛張開故事又緊閉而起，裸著身子嘶聲吶喊將我努力編織的情節一概否定的海報中的女人砸去。

〔我把那張蓄長髮穿14號豬肝紅球衣的照片扔掉，偷偷換上一個穿白色網狀白毛衣的女人背影照，（這個背影，我拜託小咪扮演，而我自然也義不容辭地穿了一套借來的軍服讓小咪拍了一張軍官背影照），照片中女人正交叉雙臂，站在原先那個淡眉毛女人的海報櫥窗前，彷彿是海報中的女人本人隔著一層櫥窗玻璃在觀看自己的海報。〕

這張照片同關於這個女人的小說混水摸魚地交了上去。後來我才知道班上的同學幾乎全這麼幹，胡掰瞎編了一篇小說，然後自己隨便設計照了張和小說情節相符的照片，便硬著頭皮交上去湊數。

那天上課我們的小說老師大約是宿醉未醒，咕噥著一些我們聽不懂的句子，似乎陷在不得其解的苦思之中。最後他恍有所悟，揚了揚手中我們的作業，說：「孩子們，幹得好，逼視和探索生命真相的不二法門，便是在不懈的虛構和無中生有之中。」

鴕鳥

旅行的前夜，夢見了賴。

情節似乎浮沈在預言和回憶的交互滲透之間。巨大的哀怖情緒，固然是稀薄陰晦的光影所致；時間感的混亂，也是讓我回到像小時候，夜裡在廁所掙不出尿來，恐懼被時間停滯烘托，無限圈盪擴散的主要原因。

夢見賴在一個沈悶欲雨的傍晚，被車撞倒在窄巷巷口。我遇見的時候，肇事的車子早已逃逸杳踪，餘下一群圍觀的路人，悄無聲息地將圍觀者特有，揉和亢奮和驚駭的情緒，一陣一陣隨著呼吸瀰散，我將垂死的賴抱起，似乎沒有預測到命危人的身體是如此沈重，以至於持抱的姿勢並不是十分完美。加上對圍觀人們的羞怯和厭拒，在慌亂中竟把賴的身體，擺弄成一種腰脊朝天拱著，頭顱和四肢皆垂貼著地面拖磨的狀況。

「你是什麼人，怎麼可以破壞現場？」

「是殯儀館的人吧?」

我不理會人群從齒縫發出的竊竊議論，一心想抱著賴離開。撲撞在街燈的白蟻，翅翼把整個窄巷搞得影影幢幢。我利用抹汗的時候，偷覷了一下周圍的人，發覺他們陰影瞬閃的臉孔，隱約帶有一種惡意的、陰謀的神情。一陣恍惚，加上從眉梢抹下的汗滲進眼睛，腳下打了個滑，便連著賴，狼狽仆倒在地。

急忙試探賴的鼻息，他已斷了氣。

賴是高二那年，因為留級而分到我的班上。當時班上的幾個留級生，幾乎都帶著受挫後欲有所作為的陰鬱神氣，是以賴的沈默，並不顯得特別引人注目。但是不久，班上的人開始私下竊笑著傳述賴的怪異行徑：他常在體育課前、全班在教室換體育褲的時候，跑到某一個人面前，把自己的內褲扯開，展露那玩意兒，還會問上一句：「喂，你覺得大不大?」

「哼，其實小的要命，也敢現，」告訴我這件事的同學，曖昧地笑著：「說不定是同性戀。」

那時在班上一直扮演著惡勢力首腦的我，自然在有意無意間，膨脹著自己的陽剛氣，聽到同性戀，直覺歸納為脂粉味濃厚的娘娘腔，便擺出嫌惡的姿態：

「媽的，那傢伙敢到老子面前獻寶看看，看我不揍他。」

像是向我這句背後故充豪氣的話挑釁一般，賴突然就在那禮拜的體育課，跑到我面前，將褲扣一鬆（皮帶原先就鬆開了），卡其褲往下一扯（呀！他竟然連內褲都不穿了），雖然我反彈一般地把視線往上猛一提，眼底仍是視覺暫留地抹上了一團黑茸茸的難堪圖像。

屈辱、羞憤和莫名的亢奮全混淆騰蒸成一股熱氣，把我的視焦給弄模糊了，眼前又見賴一張痘膿欲迸紅白稀爛的臉。他無辜著表情問：

「嘿嘿，你看它，大不大？」

「幹！」其實當時我亦被驟然發生的場面弄得不知所措，只是我的幾個死黨誤將我這句自衛的（我怕得要命）叫陣，當作行動的暗號，從後邊架住賴的兩肘；而我亦順水推舟地將他們的動作，當作支持我後續動作的默契。

「把他的褲子扒掉！」（其實他的褲腰已褪至大腿）

於是我和我的死黨們，便在一教室大半只著內褲的同學面前，把賴的卡其褲剝了下來，赤條著下身（不過仍穿著兩隻黑襪子），叉翻四肢抬到講台。

「幹你老母，你再給你爸同性戀看看，幹你娘咄！你爸叫你不會生。」

該死的是，賴的老二，突然朝向全班，直挺挺，豎立了起來。

夢境中的場景，無論如何努力，也無法呈現出一個可作為背景的空間輪廓，可能是在大醫院的產房外面，也可能是在十九世紀歐洲的一處火車站。總之，是在夏天的夜裡，空曠的大廳，耀目的不祥的白色燈光，一片通明，恐懼像流質一樣充滿四周，稍一挪動身軀，就可以聽到止水被攪動那樣清晰巨大的聲響。

情節浮沈在預言和回憶之間。

我和父親在等待著消息。父親處於那種盼望奇蹟的亢奮情緒中，整個人浸沐在一種異常的平和氣氛裡，我則硬著頭皮扮演著期待的樣子。可是，賴不是被我抱在懷裡，活活的摔死了嗎？

小時候把削得極尖的鉛筆心不慎戳進指頭，相信了一個同學的話，筆心會隨著血液在身體裡循環，最後流進心臟，刺穿心臟而死。絕望的擠壓似乎使血液停止了流動，彷彿這樣可以延遲死亡的來臨。

還有一次把父親桌前懸著的祖母遺像相框打破，天真地用黏膠黏上，用力地禱告這樣可以矇混過去。自然是被發現了。挨罰的印象一絲不存。父親後來好氣又好笑地提到這件事：

「簡直像鴕鳥一樣。有敵人來捕殺了，也不跑，就地在沙地挖個坑，把頭埋進去。以為只要看不見敵人，就安全了。」

分明是致賴於死的真正兇手，也知道一旦眾人懷疑，自己會毫不抗拒地坦承一切。卻仍然面不改色地混雜在偵查的人群裡，熱心地參與他們，協助一步步走向真相。對於兇手這個身分被暴露後，所要面臨的尷尬處境，恐怕比案件本身所應負的刑責，更叫我恐懼。於是，更加賣力地扮演著忠心的線索提供者，如此可預知的背叛和詫異也愈大。我幾乎要被這種命運不斷推擠著朝前進行的局面壓得窒息。

這時，有兩個全身濕透，穿著救生衣的漢子，從屋外跑了進來。其中一個喘著氣說：

「可能擱淺住物體的岩礁，我們都下去看過了，什麼都沒有，大約沒有希望。」

父親替他們點上菸。

「媽的，這時候偏偏來這陣暴雨，」另一個用力吸吮著菸，眼睛瞇起來。我望著他嘴前一陣一陣痙攣收縮的紅色菸頭。他突然睜大眼，望著我。

「你該沒有隱瞞些什麼吧？」

決定去旅行的那天下午，姊姊來醫院看我，我趁機把旅行的計畫告訴她。

「現在覺得一切都很好，真的，打算先乘火車到花蓮，再從花蓮騎單車到台東。就這麼一小段——真的，什麼都很好，也沒有再亂想什麼。肢體太久沒活動了，很悶，再這樣下去——」

我把差點脫口而出的「我他媽真要瘋了」給吞了下去。盡量謹慎地，溫和地把每一句話都說得十分有條理。讓她不要以為我這次的計畫又是一個瘋子的譫語。

「阿弟，你不要又在胡思亂想的，」姊姊一邊說，一邊把我穿髒的內褲一件件收進塑膠袋，再把乾淨的一疊疊拿出。絕望又像空著肚子被灌下了髒水，一陣一陣由太陽穴牽引著兩頰至喉節，節奏地幫浦一般噗嚕噗嚕朝外抽縮。

初時，他們是同情又耐心地聆聽我說的話，只是會順著話語的邏輯狡猾地叉歧打轉至他們的話題。我察覺之後沈默下來，他們還會有一種羞慚的不安和被拒絕的訕訕神態。可是現在，他們由於厭煩或懶惰，乾脆就認定我是瘋子。我說什麼，他們也不插嘴，然後接上毫不相關的對答。

「阿弟，你是不是有一個同學，叫做賴進？」

賴？

「我跟你說喲，你不要告訴他，（咕咕咕咕咕咕），好笑死了，你知道嗎，昨天啊我替我們補習班阿惠坐櫃台，他來我們這裡補英文，他補一期，你知道我們補習班班主任都交代我們要盡量抓住顧客。我就問他啊，你還要不要再補一期哪？他啊，（咕咕咕咕咕咕），理個小平頭，穿個小短褲，腰上還繫條霹靂袋，嚼著口香糖在那扭啊甩的。突然就跟我說，小姐，能夠這樣每天都看見妳，真是幸福。（咕咕咕咕咕咕）我後來一看他的資料，咦？賴進，不是你高中時一群同學到家裡，大家都喊楊姊姊只有他不肯喊的……」

「是賴進？」我公正地不露一絲情感地問。

「是啊，那時他噯噁滿臉稀巴爛的青春痘，後來你說他是留級的，他還以為他比我大呢。好笑死了。本來我想告訴他，我是楊正華的姊姊吔，看看他有什麼表情——」

「姊，」

「唔？」

「我問妳一件事？」

「嗯？」

「妳國中，不是有一陣，也住進醫院，後來是，是怎麼好了？」

「咦——」

小學時代，姊姊始終扮演著傾向大人價值世界的正派角色。不但在學校擔任班長（據她後來告訴我，老師不在的自習課，她總是手持籐條，有隨意懲罰同學的特權），又因為那時個子比哥哥高，便自然而然地，儼然成了家中孩子行為的裁決者。母親似乎理所當然地把她當作大人看待，不但將監督我們的任務委託給她，甚至一些大人世界發生的明爭暗鬥，都會和她討論。

那時候，每當放學，姊姊會帶我到媽媽工作的地方等她下班。常有一些阿姨叔叔，走過來，擰我的臉，「哎喲，這是美珍的小孩嘛，怎麼生的？這麼可愛啊。」姊姊都十分有禮地要我叫張叔叔陳阿姨，等他們走遠了，才低聲用警告的口吻告訴我：

「你不要理那個人，媽媽說她先生是匪諜，給抓去關了。」

或者這樣的話：

「那個人他自己的小孩學壞了，他看到別人的小孩聽話，就怪怪的，其實根本就是嫉妒。」

姊姊說這些話的時候，臉上泛著一種敘說真理的平靜色彩，我仰望著她，著迷地感受著那些來自遙遠大人世界的簡短批判。心裡又迷惑又佩服，但是無條件地相信她的話都是對的。久已習慣了姊姊對我熟悉的孩童世界一切，我毫不懷疑她的眼光，能夠戳破我所見的大人世界的影幕然後恩寵地，把一些內裡的真相透露給我。

「我知道了，他們是共匪。」我諂媚地說。

有一次放學途中，姊姊剛牽著我穿過馬路，一個和她同班叫做文祥（或是聞翔）的男生迎面過來。這個面孔白皙清秀甚至長得有些像女孩兒的男生，是個低能兒。不過文祥不同於印象中粗劣骯髒的白癡，其實他十分害羞而安靜。常常放學打掃的時候，他由著母親（他的母親自然也是白皙而高貴的）執手經過我們低年級的教室前，班上的一些傢伙便會衝著他喊：

「文祥！文祥！」

於是文祥便會紅了臉，躲在他母親身子的另一側，他的母親，則微笑地向正爬在窗台上或是拿著掃帚的我們打招呼。這時一切搬動桌椅的聲音都靜止，我們都會害羞地低著頭咯咯笑了起來。

那天下午，姊姊牽著我，穿過車輛疾駛的馬路，彷彿泅過一條暗流洶湧的大河，氣喘未定，文祥便畏縮地走到面前。

「楊惠雯我愛妳。」

這許多年過去，我仍然心悸猶存。清晰地看見姊姊一言不發，放開握住我的手，把裝了兩個便當（還有一個是我的）的紅色便當袋向空中晃了一個弧度，然後直直地朝文祥才說完那些話便凝住的羞怯面容砸了下去。湯匙因劇烈搖動在空便當腹中清脆的響聲隨著另一聲更沈悶的撞擊急促消失。但是我印象中始終浮現不出文祥捱了這樣紮實的重擊之後的任何表現——

扭曲著臉孔無助地張嘴乾嚎，或是捂住面蹲了下去——全被便當袋揮出的弧度抹到一片暗紅的底色之後了。

一片暗紅的底色消失，姊姊復牽住我的手，那時我只覺得我將永遠也不會長大了。而後看見另外兩個也是姊姊班上的男生，大約也被這一幕嚇住，把書包抱在肚前侷促地笑著。姊姊帶我走過他們面前，恨恨地拋下一句話：

「你們給我記住。」

這當然是孩童們之間最單純最初始也是最殘忍的相互報復。姊姊在班上，跨立在大人價值世界優勢的一邊，在學校的法則之內，姊姊永遠是巨大而不容推倒的。兩個調皮的男生便藉著最原始的求愛姿態（利用文祥），來否定姊姊除了「一個女生」之外，所有堆砌而上的一切價值。我當時任姊姊牽著離開他們，卻隱隱感到傷心，也許是我心底的一個同樣企圖也在那一瞬，被這個暗紅色的弧度給向下攫扯，然後撕碎。

情節在回憶和預言之間沈浮。

彼時我駕車在一個類似迷宮的複雜巷道裡緩緩行駛。每一個路的拐彎都是到了盡頭才在車前燈昏朦的照射下，從黑闃中顯露出來。

似乎是按照著父親的暗示，去趕赴著一項迫在眉梢的任務。對未現結局預知的恐懼和對已竊知真相的負擔，兩種不同時間感知的混淆、像飽脹的酸嗝，不斷在喉頭翻騰。

兩個不發生於同一個時間軌域的行動，被摺疊在同一個情節中直線進行。

前者是我始終駕車在沒有出口的巷弄緩慢行駛。寧靜的夜裡，只有引擎噤著聲幾乎有些靜穆地單調轉動。出現在眼前的，是一條接一條的單行窄巷，轉口，窄巷，然後又是轉口。父親似乎預知了悲劇的結局，暗示我在事件發生之前便趕去阻止。然而我正清晰地預見這樣的努力根本是徒勞。甚至模糊地感到如此會陷入命運的荒謬惡戲，我可能在無計其數的一次轉口，把賴撞倒。

雖然為昭然若揭的結果惶恐不已，然而行為的惰性，和這彷彿朝前蠕動推送的單向巷道，使我不得不無意識地重複急轉方向盤的動作。

後者同樣是枯燥索然地駕車緩緩行駛，企圖卻截然不同。是背負著把賴的死訊通知他家鄉的人的使命。

到達一個小鎮的外圍，沿途偶爾出現一家茶行、海鮮店或是外頭展售著最時髦女用內衣的雜貨鋪。因為怯懦（在夢中我確有一種畏罪小孩想哭的衝動），我故意在每一個商店停下，假意問路，其實是撒嬌似地延俄著必須自己去揭開真相的嚴酷刑罰。

「賴家呵，就在庄尾最裡面紅屋頂的那一間，這條路一直走下去。」

所幸店裡的人都十分和善。可見他們並不知情。竟然和我扯起賴在家鄉時的一些詼鬧異事。

「總之，是個古怪的孩子，以為他的朋友也是一樣古怪，沒想到會有你這樣斯文的朋友。」

「賴在城市的時候，比我還要斯文。」

「真的?但是，是會把鄰家嬰兒和猴子一起鎖在籠子裡的怪孩子哩。」

「是啊，聽說還有誘惑小男孩的怪癖，那回春妹的獨子，就聽說是被他折磨死的。」

啊?

原來賴那回在公車上所說的，都是真實的事?

高二那次當著全班把賴的褲子脫掉後，總是避開和他碰面。實則在剝下褲子而赤條條的胯襠赫然暴現時，我極力膨脹起來的惡謔和膽氣，便隨著他不可收拾地嚎哭而迅速萎縮。幾個死黨在事後隱約透露出不安。

「欸，阿猴，我們這樣會不會太過份啊?」

「對啊，伊終究是比我們大漢。」

「幹，踩ㄒㄧㄠˊ伊，沒卵的，哭成那樣。」其實之後好一陣我們在班上也安靜了下來。我偶爾偷偷觀察賴，他依舊是靜默地埋頭看書，周身彷彿形成了一層抗拒的薄膜，把他和眾人的世界隔開。

有一回在公車上，有人在背後輕輕拍我，一回頭，是賴。

「啊，你也坐這台車?」我痛苦地微笑著。賴也面帶微笑。但之後兩人使都沈默不語。專心地看著車窗外。

下車後，賴和我並肩走著。我突然有一種平和寧靜的奇異感覺，彷彿我們是兩個相交至深的好友。

「其實你是一個很害羞的人。」賴說。

奇怪的是我平時強撐而起的暴戾之氣，皆消弭無形，居然軟弱順從地點了點頭。

「我剛留級的那一陣子，覺得自己真的是完了，幾次想自殺，又懶——我不是怕痛，是懶。彷彿要跨過一個什麼，或是執行一個儀式，很累。那一陣子，我每天都跑到我姊姊那裡，問她怎麼辦。我姊姊已經死了，被燒成一罈骨灰放在廟裡。她以前是植物人，後來就死了。我一直懷疑是我爸媽和醫生串通起來，把她弄死的。可是又懶得去深究。我總是感覺有一層膜隔在眼前，但是又不敢去戳破它。我知道，一旦戳破，只不過是證實了我早已清楚知道的事，把倒影從水底撈起，我難道能拎在身邊嗎？」

「你說你去問你姊姊該怎麼辦？她是最近，我是說，你留級後才變植物人的？」

「不是，我小學的時候，她就死了。是一次朝會，突然昏倒，醫生說是貧血，給她打營養針，想不到她那時已經腦出血了，一躺進病房，就沒再起來。那時，我看到姊姊突然被剃成光頭，整張臉灰白，明明像死了一樣，卻一直猛打哈欠（而且她打哈欠的樣子很醜）。後來我便再也不肯進病房了，不管他們怒叱拽拉，我都哭著亂蹬，死不肯進去。有一次，我爸爸突然火了，硬把我抓進病房，將門反鎖，讓我一個人和那具猛打哈欠的屍體關在一起關了一夜。

「我不是指留級這件事。我覺得自己好像一個只屬於平面的動物，我沒有向其它世界侵略的企圖，但是分明周圍的價值都有稜有角地擺在那兒，等著你被框入它們的定義。我留級後，我爸媽都不敢跟我提這件事，他們按著親子手冊那一類的教訓箴言，以為我此時必然無法承受留級的打擊，對我客氣極了。他們有些辛酸地很滿意自己的表現。可是我對於他們看法的恐懼，比留級還大。班上同學也是這樣，他們要扮演謹慎地關懷別人的角色，就要求你配戲似地扮演消沈內縮的挫敗者的角色。當然我辛苦地近乎諂媚地迎合他們，讓他們像嫖客一樣，要我擺什麼姿勢，我就擺什麼姿勢。其實我對羞辱，蔑視的感受還遠不及一種從底層湧上的恐懼——就是我賣力的演出，有一天被習慣了，被厭煩了……」

「但是你……」

「你是說我怎麼會把老二拿給別人看？」

「不，不是這個，」其實他猜中了，但他一副莊重的模樣來主動提起這事，使我莫名漲起一種自穢的情感。

「那只是偶發性對嫖客的報復、『強姦嫖客』。我也嘗試過扮演你這樣的角色，打諢耍寶，或是兇神惡煞。但是這些仍是在人們情感所能容忍的範圍內，這一類的典型，仍有固定的台詞和規則。你意識到他們熟悉了規則，又不得不硬著頭皮扮演下去。一旦建立了可延續的檔案，今後的任一個動作，就逃離不了被賦與意義。但是我說，我只是一個屬於平面的動物。我的前一個動作，和後一個動作，彼此是不相關連的。

「於是，我選擇了一些行為，事件本身的瞬間意義就超乎了人們能判斷的極限，他們便無能為你下定論了。有一次，我在家附近的一家商店買東西時，碰見一個孩子偷東西被老闆逮著，老闆正拉拉扯扯地要將那孩子送到警察局。我便走過去，說我是他的哥哥。替他賠了錢，並且打恭作揖拚命道歉。走在街上的時候，孩子先是陰著臉不理睬我。我便帶他到附近的河堤，坐在草地上，告訴他我姐姐被我父母謀殺的事。他終究是個孩子，很快便卸除了武裝。他告訴我，他的爸爸是國軍英雄，為國捐軀了。家裡只有他和他媽媽。班上的李文興他們都聯合起來欺負他。我告訴他，改天我會替他討回這口氣。

「那天，他叨叨絮絮地告訴我好多他自己胡思亂想謅出來的故事，我只是微笑著聆聽，一直到天黑才送他回去。以後我常常在他放學的時候，帶他到河堤去玩。我避免買玩具或是零食來攏絡他——因為那會使他對我們之間的感情產生惰性，況且他也是一個極驕傲的孩子。這時我知道他已非常愛我。

「有一天，他終於邀請我到他家。他的母親是一個沈默害羞的女人，她告訴我，這孩子怎樣突然變得乖巧用功，每天回來，都興奮地說，哥哥今天說什麼什麼，哥哥今天又說了什麼。總之，那天我在他家和他們共進了一頓簡單卻溫暖的晚餐。我適度地（裝作不經意地）表現了一個成熟的、有教養的大朋友的氣質。我知道從頭至尾，那個孩子都緊張地盯著我的一言一行……」

「這個好像……好像那個人小說的情節——」

「噯，噯，總之，總之，我那天的表現，讓那孩子驕傲極了。等我告別時，他還依依不捨地要送我一段路。走在暗巷裡，他用手兜著我的手肘，我由他兜著——我知道，這時他對我滿漲著愛意——而後，按著我計畫的節奏，我們走到了他曾經失風——也就是我和他第一次認識的那家商店，我突然狠狠抓住他的衣領，用力搖擺，紮紮實實來回在他臉上摜了十來個巴掌，然後拋下一句話：『這便是一個壞孩子從小偷竊所應得的懲罰！』便踏著大步走了。」

「後來，」賴這時亢奮到極點，聲音都嘎嘶得模糊不清：「過了很久，我聽說那孩子，回去大病了一場，發燒中一直囈語說要殺了我。沒多久，他便死了。」

「等等，等等，這些，怎麼都是杜斯妥也夫斯基小說裡的情節。只要背景稍微變換一下，你是個因某件羞恥的事被騎兵團除名的少尉軍官，那是個小鎮……」

（你說謊。你那時不是個混混嗎？怎麼可能讀過——杜斯妥也夫斯基？）

「嘿嘿，你又急著給情節尋找相符合的意義了。相較之下，我比你們高貴多了，你們只是一群駝鳥，埋頭在一個簡單的概念沙坑便心安理得。不去看看背後有更大的腐敗和災難。從這個故事裡，你只是在尋找一個可以棲身的宗教真義和經驗檔案，（更等而下之的，你甚至只在將我歸納入你的閱讀經驗），一旦找到了能賦予意義的檔案，你便安心地按著檔案裡的指令來處理情節。我知道那孩子至死都是愛極我的，我把他的脖子從沙坑裡拉出，我把整個生命的祕密都告訴他了。」

賴說這些話的時候，我們已走進校門。那時學校已開始朝會，我們便走進操場上的隊伍裡。當賴正興奮地說到「生命的祕密」時，我們的主任教官「山豬」走了過來。

「這位同學，啊？剛剛就一直在注意你，什麼事情那麼好聽？唱國歌的時候也在拚命講。好啊，你現在給我上台去，講給全校同學聽。**快點！跑步！**」

那天賴被罰站在司令台上直至第一節下課才回來，從此他再也沒和我說過一句話。

事情是這樣的。

姊姊國一時，考上了資優班。那一年，姊姊在家裡，變成了一張模糊的影子。除非到書房，我很難見到她（連晚餐都是媽媽端進她的書房）。而我爸媽也不准我靠近書房。但是她的成績，卻遭咒似地變成倒數三、四名之間的頹力掙扎。

國二的時候，姊姊休學一年。在那之前，她開始在家裡來回游走，很細心地觸摸每一件家具，後來，她開始尿牀。我爸媽先不讓我知道，但是實在是不勝其擾，便要我一起幫忙清理牀單。最初幾次，姊姊總是傷心地坐在床沿，一抽一搭地啜泣。

「妳不能坐這啊，這樣叫我怎樣換呢？」我那時大約如此埋怨吧。

慢慢地，她好像把這當作一件有趣的遊戲，背剪著手在一旁繞著踱步，時或噗哧一聲笑出聲來，但我知道，她是十分害羞，並且十分、十分地幸福吧，因為我那時也滿漲著害羞和幸福之感。

姊姊大約便在那一陣前後進了醫院，但是好像住沒一個禮拜便出院回家。後來，她便突然地好了。完完全全地好了。只是也完完全全地變了一個人。她開始喜歡打扮，頭髮故意弄得鬈鬈鬆鬆，房間裡貼上只穿條泳褲的近滕真彥。國中畢業（自然她早已被換至普通班了），姊姊重考了兩年，才上一所普通的高中，之後一切，就十分平淡無奇了。她成了一個普通的、趕時髦的、打扮得花枝招展的女人。

或許只是最簡單的，生物求生的本能吧。或許在諸多我替姊姊清理牀單的其中一個清晨，姊姊腼腆地在一旁看著我將她遺下尿跡的被單摺起，突然就起了一個念頭：

——不能再這樣下去了——

我不知道這個念頭是發生在那一個清晨，甚至於，我猜姊姊自己也不知道。但是，必然就在那時，一切都決定了。我換了個姊姊。原先的人格必然會夭折，於是她便狡猾逃向另一種人格，像是簽下了一張契約，所以便存活下來。

（你想，應該是這樣沒錯吧？）

（應該是這樣的吧。）

（還有，關於我旅行的計畫……）

離開

他們在一座大樓地下停車場裡的公共廁所找到了他。他下肢叉開膝蓋跪抵著茅坑的兩緣，兩肘也是以膜拜的姿勢貼在地面，彷彿是想要努力嗅辨某種氣味或是尋覓某件東西，他的頭頸，以令人不能置信的曲度，整個塞進了糞池。警方在搜證之後，想要把他的頭顱從臭氣熏天的糞池中拖出，還著實費了好一把勁。

由於事件是發生在落幕不久的學生運動之後，死者據說又是某個學院內地下性質組織的成員，自然對死因的過濾焦點，都集中於學生偏激分子之間的殘酷私刑。次日的新聞，照例又是三台電視輕描淡寫地避開「刺殺」這個疑點，而報紙卻在頭條上大作文章。

據曾在當夜值班的保全人員張忠仁回憶，死者在凌晨三點左右沿著該棟建築的後牆徘徊，由於死者的神情舉止皆十分鬼祟，他當時特別留意了一會。但是死者後來發現到他的注視，便在轉角拐了個彎，朝著建築物反方向側邊的走廊而去。

由於張忠仁極可能是最後一位目擊者，警方判斷，他死亡的時間，大約是在凌晨四點到六點之間。

「就在哀傷開始變質敗壞，他們開始又憶起死者的粗鄙、自大和自私時，我們的鏡頭便跨過前景，原先一片模糊的背景出現了一張長條木椅，上頭坐著一個人。他臉上的沉思氣息意味著他自始便聆聽著他們的對話。這時候，我們看見他露出一個複雜的神情，彷彿是捨不得走想多聽聽他們談話的內容，但是又實在是聽不下去了不得不走。最後他終於毅然站起身，把黑色西裝外套對摺掛在前肘，從那群對話者的旁邊走過，當然他們從頭到尾都沒看見這個人的出場和離場。

「我要說的就是這個鏡頭，這個不曾以他的個性、人格、語言來干擾畫面中戲劇張力和對話心機的人物，但是他的出現，卻確實造成整個鏡頭意義的改變。」伊說：

「我要說的，是他的離開。他自畫面的離開。」

自從高君離開之後，我們的這個團體便陷溺在一種手淫一般的惡習裡，我們互相心知肚明，知道對方聲色俱厲悲壯的身世自白後面，藏著一幅軟弱哀切的眼神，或是聆聽者煞有其事深受感動的嘴角，其實是努力壓抑下嘲弄的微笑。然而這點微弱的心機，因為更巨大的湧在喉頭的慾望，而被淹沒過去。我們像是集體中蠱的秘教徒，歡愉又絕望地成為這個固定儀式的犧牲。

我們的惡習，便是悲劇。

我們在定期的聚會中，爭先恐後地展示著自己生命裡的傷疤：初始是凝重地娓娓自訴，痛不欲生的失戀經驗和中學時代被留級的絕望情境，或是伸出有三四條刀疤的手腕，那記錄著成長過程的堅持和徬徨。但是待這一類的情節漸漸不能饜足大家的悲劇渴求時，劇情便有愈演愈烈和妄加虛構的趨勢，幾乎每個人在童年都有這樣的慘痛經歷：男的被雞姦、女的被強暴，而且在舊的刀疤已因反覆展示而褪色、新的刀疤又不及產生來供應的當口，連胎記、贅疣或痔都被賦上一般悽楚的往事。

這時候，我通常會無限地懷念起高君，或是父親。父親在世時，有那麼多怵目心驚的悲慘身世，卻沒有人肯聽他說，而現在，我居然發生了自己的悲劇供不應求的窘境。

父親去世之後，我以為我可以從悲劇的墳場掀棺脫逃，我以為我可以像我表面上那樣的嬉笑怒罵玩世不恭；到頭來，我仍是跌入了悲劇的泥沼。我似乎看見父親涕泗縱橫，一臉悲苦，卻狡猾地衝著我說：「沒有用的，你跑不掉的。」

於是，就像被囚禁在鋁皮小屋始終沒有逃出的八歲的我，即使我順著時間之流泗向多遠，他仍是安然自若地待在原處，一伸手就將我攫回，踩在他絕對的永恆的巨大姿態之下。

我清楚記得在我八歲那年的光復節，那天下午，父親帶我到他們學校附近的一間棋社，父親一入了局，就完全把我給忘了，那時候，一個油亮著禿頂的老人過來拽住我的手：「小傢伙，我帶你去一個好玩的地方。」我清楚記得那天棋社牆上用鐵架箍著的電視正播放有關對日抗戰中日軍轟炸重慶以及中國老百姓憑「人定勝天」的信念和「堅忍不拔」的毅力，憑鋤頭扁擔自己開了條滇緬公路的記錄片片斷。而且我似乎十分熟稔地知道那間棋社整個屋子瀰散著一股尿騷味是因為廁所門壞了，進出都戛吱亂響，幾個棋癡嫌吵，索性把它卸了下來。

我不記得那個老人一路上和我扯了些什麼，但是他專注地想誘哄我去那個「好玩的地方」的神秘神態，卻歷歷如昨。老人將我帶到一間似乎是校工還是拾荒者之類的鋁皮小屋，便將我鎖在裡頭，兀自離去。

我不記得我在那間小屋裡頭哭鬧槌門喊救命了多久，屋裡的擺設和光影的變遷我亦一片模糊，但是有一點對我而言十分肯定：那便是我應當至今猶被鎖在那間鋁皮小屋內，沒有出來。

我沒有絲毫脫困或是離開的記憶，絕望地被囚禁的情景是無限延伸的結局，應當沒有後續的事件了。

所以我常常在想，八歲那年光復節之前的我，和之後以至現在的我，是不是同一個人？會不會是那年我父母壓根就沒把我找到，便去找了個同是八歲的孩子，強迫著沃腦把一切「我」的自覺和我以為的記憶，全給塞填進去。

八歲的我絕望地涕泗滿面拍打著鋁門的畫面，奇異地在那年的光復前的那一點上便凝止不動，和另一個不斷成長的我並置著。像是突兀地把一張應是某部片子的結尾的底片，插夾入另一部情節完整的片子的底片之中，且插入的段落正是單調敘述不應有高潮起伏的部分。

所以我總是感覺到，八歲的我至今猶在小屋裡哭喊求救，它就卡在那兒，使我之後的一切記憶都如同懸空。

父親去世的那個晚上，只有我一個人守在他的牀畔。

那晚，他似乎精神特別清爽，和我聊了不少從前在家鄉發生的舊事，父親是個嚴肅的人，原本和我們就甚少交談，那回在他們學校剃了光頭難堪地退休之後，更是不輕易開口，把自己封閉在一個完全沉默的世界裡，連母親也無從知道他內心在想些什麼？

「你爸爸，反正是老了嘛。」我母親說。

但是那天晚上，我父親反常地多話，他絮絮不休地告訴我他出生的時候止逢大雪，因為高齡產子祖母十分危險，眾人急著救產婦，待脫了險回過頭來，嬰兒的頭都凍黑了；或者是撤退那時候他們一夥人險些登上一條滿是將領的船，我父親卻恍惚看見船上的人都被倒縛著膀子，問夥伴都說沒看見，我父親堅持著將船票轉手，再找另一條船，後來才知道那條船有詐，開往大連去了……，就是這類話題，我隱隱覺得父親夾糊不清從一個事件跳到另一個事件的敘述背後，其實是有什麼東西要告訴我或暗示我，卻苦於抓不到一個可以串接的線索。

我耐心地聽了許久，仍摸不著頭緒，便打斷他：

「爸，很晚了，早點睡吧，明天再說。」

父親那時正說到在台中時如何得了一場嚴重的痢疾，夥伴們一方面怕傳染一方面看看沒救了，就把他一個人扔在一間民間廢棄的地瓜寮裡，後來竟意外地好了。他似乎沒聽見我的話，仍舊亢奮地重複講述著那時的情境，然後，像是把收音機開關給按了，他的聲音突地戛然而止。他並不是意興闌珊地將一個話題結束或不了了之，而是突然在一個句子的中間，就截然分明地中止了。

我先也為這截然的靜默感到忐忑不已，便將燈熄了，不動聲色地在黑暗中坐著。有好一會，我幾乎是睡著了，便躡手躡足地離開房間，正要掩上房門時，聽見父親微弱卻清晰地說了兩句，那似乎是帶著惡意的快慰，他說：

「沒有用的，你也一樣逃不掉的。」

父親在那晚死去。

我那時為了父親這一句像是忠告又像是詛咒的預言，著實納悶了一陣，難道他其實早已知道我加入了這個組織，卻默不吭聲？或者我父親一直清楚知道我在觀察他，並且拿他作覆轍在修正著自己，但是他又看出了我這些修正動作裡，某些徒勞的成分？

但是不久我便將父親的這句話拋在腦後，直到最近才又在我內裡響起。因為那時我正處於攀上我們組織首領地位的關鍵；況且我正策動著組織裡的核心分子，對高君進行一項嚴厲的制裁。所以父親這句話，在他下葬之後，便烟消雲散。

一直到現在，高君自殺，小韓早也離開，我成為組織的首領，父親這句話卻像地底根節結實的蔓藤，匍伏潛行，卻在關鍵時刻，自每一處地基角落鑽湧而出，把我團團綁住。

我養成了在半夜時分至父親書房呆坐的習慣，像他晚年一樣；我有時會望著他的遺像，挑釁地說：

「父親，你說的沒錯，我們都一樣，跑不掉的。」

而相片中光著腦袋的父親，彷彿也慈愛地回答我：

「是嘛，我早說過了，沒有用的，跑也跑不掉。」

至於我當初加入這個組織的動機，只有一個，那就是為了小韓。

說起我和小韓的歷史，那可真是孽緣。如今我自己也弄不清楚我暗自深戀了十年的小韓究竟是現在的她還是十年前那個十五歲的女孩。我高一時從朋友那兒學會了打手槍，直至今日，每回合我心中的靶子都是她。我溫柔欲死，喃喃喊著她的名字，「小韓，小韓，」有幾回我在頹喪和懊悔的黑暗中，想著我這樣每回都忠貞地想著她，而以她的個性，早不知把自己隨便就獻身給什麼雞巴男人了；更可怕的是，我竟然慢慢忘了她的長相，在我腦海中浮現的只是一團日漸模糊的白肉罷了。我想到這些，竟至一個人在黑暗裡哭了起來。

說起來，當初和小韓認識，還是她主動找我搭話的。國三那年，我們校長突然學時髦搞起什麼能力分班來，而以我父親是家長會長之尊，毋須吩咐，他們自然把我放在第一段A加好班。

這個善意真是把我打入了十八層地獄，我昔日的狐群狗黨做弊夥伴們全被分到不知好幾段的放牛班去了，只有我，莫名其妙地被放在一個個鏡片厚重精光四射全校的特選人才之中。

那時辰真是苦死我了。我們的導師頒下的規矩是這樣的：一百分，差幾分揍幾下，按照他的柏拉圖理想國，是絕難有人考一百分，也就是絕難有人不挨打（開玩笑，他面對的是一群特選之才），你如果考個七八十分，那就夠你瞧的。所以他每每對著我的鴨蛋考卷瞠目結舌，無從下手。

總之，我很快就成了班上的喜劇人物，天知道，我原來也不是那號調調的，只是巨大的無從想像的荒謬和錯置，你不奮力掙爬著朝向鬧劇的極致，就必然會墜入無可忍受的悲劇彼端。

有一回考默書，大約是藺相如什麼五步之內血濺大王要脅秦王不得耍婊的那一段課文，我無聊極了，看著周圍的人奮筆疾書，就開始在考卷上瞎掰起來。其實也不過是些什麼藺相如說大王你如果不——ㄅㄨˊ—便放了個屁，秦王笑得假牙掉了出來，這一類的低級笑話。

發考卷的時候，我們的老師似笑非笑，要我當著全班朗誦一遍，班上的那些自以為優秀的傢伙全狠狠大笑了一遍，我們的老師也似乎笑得不可抑遏地招手叫我到他面前。

然而當我難掩得色裝出一副無辜又滑稽的樣子走上講台時，我們的老師突然撇下臉色，噼嚦啪啦連連在我臉上摜了十來個巴掌。

我在全班驟然悄無聲息的狀況下走回座位，臉上還殘留著剛才恢復不過來的滑稽神情和突然挨揍失控迸出的眼淚鼻涕。就在那時候，坐我旁邊的，我始終認為和他們一般高不可攀的優秀分子韓莉莉，突然偷偷遞給我一張紙條，上頭寫著：

「喂，你是一個有靈感的天才。」

就在我聽說小韓是這個組織的成員，千方百計透過各種管道終於第一次參加了他們的集會，而裝作意外相逢地向座位中的小韓打招呼時，她兩眼發亮地回頭敷衍了兩句，噢，是你呀，楊志豪，又迅速地把視線拉回台上正在演講的人。

「等會再聊，等會再聊，你先聽他說，你聽他說的是些什麼啊，胡說八道，嘿，他真是個有靈感的天才。」

就在我發現台上的傢伙不是別人，正是高君時，恍如這十年來的夢境顛倒，一切都滑稽透了。我十年來守貞打手槍只想著眼前這個女人，就因為她那一句「你是個有靈感的天才」，而如今這頂桂冠卻給輕而易舉地加冕在台上那個傻子的頭上。

我記得小韓有一回告訴我，她有一次看見一個乞丐跪在路邊磕頭，前邊放了一個鋁盆，「我那時身上一個零錢也沒有」，她告訴我，結果她想起自己便當裡還有一隻啃剩的雞骨頭，便把它找出來扔在他那個鋁盆裡。

那時我被這個乖張的敘述震撼得無以復加，她告訴我這件事的時候，是怙然自得把它當作個珍貴的祕密與我共享，我那時裝作會心地大笑心底卻恐懼萬分。我知道這個女孩的靈魂裡，有一種無論我如何扮演也企及不了的優渥質素。那便是在她的內裡，完完全全，完完全全地沒有悲劇的成分。我繼續地在每一次的考卷上胡謅亂寫一些招致痛打的混話，用滑稽的腔調模仿那些寫給她的（她笑著拿給我看），以那個年齡來說該算情文並茂纏婉動人的情書中的句子；我知道在我的內裡有一些倨傲得足以蔑視班上那些精英和我自己的荒謬處境的什麼東西，被辛苦地喚起。但確實辛苦極了，我像是一個冷汗淋漓的戲子，知道只要稍微揣摩錯了會錯意我辛苦去扮演的那種質素，便會迅速失去和她一同高踞雲端嘲笑眾人的特權。

我強調的是，令我忐忑不安的不是在於嘲笑的特權（去他的嘲笑），而是和她一同的這個感覺。

果然不出所料，高中聯考結束，小韓穿起綠衣上了第一志願，我不負眾望地落榜。那時候，我竟然神志不清地寫了一封充滿感傷和緬懷情緒的十九頁長信寄去給她，於是她回了一封冷淡又謹慎的信，寥寥幾行，志豪同學，將相本無種，男兒當自強等等。於是我知道，我們是完了。

我斷斷續續地從過去同學那兒聽來一些風言風語，說韓莉莉一上高中，風騷得很，換了幾個男朋友。最初我聽說是個撞球高手，於是整個夏天我一頭栽進撞球店，練就了一手一桿洗四次檯左右開弓的神技；後來我又聽說她換了個男友是某某合唱團的主唱，我又將家裡的補習費悉數投進吉他老師的口袋，苦練的結果，是左手的四個指頭全磨出水泡；後來又聽說她換了個男友身高一九〇，這時我才開始暗暗感到絕望，總不成叫我去踩增高器吧。何況後來關於她的傳言也愈來愈離譜而不可思議。

不過我仍是專情地在每次打手槍的時候喃喃喚著她的名字，並且這期間也或許因為聽信了一些誤傳，而又多學會了幾樣讓人詫異它們之間的趣味差異是如此之大的專長，例如滑翔翼、存在主義、拳擊、調酒和修理機車等等……

在我最近一次得知小韓的下落時，是在我上了大學（這時她已大三），我聽說她參加了一個跨校性的秘密組織，而且，最重要的是，她的身旁並沒有護花使者，哈哈，我在心底告訴自己，經過了這十年的折磨，如今她的臉孔已在我記憶中剝蝕模糊，我一定要打進那個團體，可能的話，我要成為那個團體的領袖。

我如今總是無法想起，父親在世的最後幾年，他到底是什麼模樣，做了些什麼，我不知道在他心底正經歷著什麼樣的變遷。對我來說，最後那幾年的父親，只是一張模糊的影子，他將自己沉入無聲的潭底，頑固地將我們拒斥在外。

母親後來告訴我：那一陣子，父親染上了一種惡習：他沉溺於寫各式各樣匿名的告發信。他在每天清晨出門，使用老人免費公車票不斷換車，傍晚時回家，然後開始撰寫投遞給各個單位的舉發信，下至公車處、公園管理局，上至國防部、總統府，不外是檢舉一些過站不停的司機或是當街閒聊的交通警察。

「有一次似乎是一個以前的學生向他打招呼，他驚喜之下纏著人家訓話，人家自然想盡辦法擺脫了，他回來，氣不過，竟然寫了一封埋怨的信給以前的校長，那傢伙，死了怕二十年囉。」母親說。

我聽了這些十分驚異。我原先以為，那幾年，父親是以更狡猾的方式在向這個已不聽他使喚，甚至超乎他想像的世界報復。我一直以為父親的沉默，以及他在我們狹路相逢時，總是委屈地將自己側身縮成一旁陰影的姿態，是帶有陰鬱的復仇企圖。

因為這樣，我幾乎是故意地、漠視他逐漸稀釋萎頓的身影和聲音，「我偏不上這個圈套，」我告訴自己。

然而照母親的說法，父親最後那幾年，確實是自顧不暇慌亂失措於自己力量的流失，他並沒有更高的心智，來看穿我們這一代，以嬉鬧架空了他們的悲劇的局勢；或許有，但我想那可能只在他最後的那個晚上，所以他向我說了那兩句話。

在我心底，其實是認定父親是在他第二度剃光頭出現在全校四千多個學生黑烏烏沒有人剃頭的朝會上死去的，這是錯誤的，因為因此我曲解了父親最終沉默下來的微弱乞求。這樣的曲解雖然難堪滑稽，但仍不失一種成為永恆的什麼質素，甚至還帶著一些悲壯的味道。

父親那回，在事後並沒有實現他之前豪壯抛下的宣言：「只要有一個人留著頭髮，我楊某人便辭職。」他仍然風雨無阻地上班，而且一直到他退休我父親每天都頂著光頭到學校。

我知道他的老同事們都為此痛苦極了，我父親像是在堅持著一種微弱而絕望的指責，那裡頭包含著頑固而不容說服的炫耀的成分：意味著你們皆已墮落，而我仍緊抱著一些質素，雖然這些因錯置而滑稽不堪。

我一直以為父親是緊緊啣住自己的這個姿態，但後來才知道其實錯了，父親其實是在求和，是在痛苦的祭台上，找不到台階下來。

高君是我高中時期的朋友。其實若是稱為朋友，則我與他友情建立的因緣確是尷尬異常。我始終懷疑高君會加入這個組織，是不是和我一樣，根本是抱著其他的企圖：就如同我是為了小韓；而高君，我猜，是衝著我而來。

不同的是，我的動機是愛情，高君卻是復仇。

高一上，開學不到兩個月，我便留校查看（因為根據傳聞，小韓那一陣子的男朋友，是某校的大哥級人物），高君是班上老師指派的點名員。分別扮演這樣的角色，自然有一場精彩的對手戲。不過，這個部分卻沒發生什麼高潮，善良而上道的高君，眉頭不皺便選了一場不太熱鬧卻可以平安唱完謝幕的劇本——點名單上我享有不必出席的顧問特權。自然我亦是士為知己者死伯牙子期地於收山前夕作了一番宣言：

「今天有人要逼我再出手惹事一次，然後離開本校，那便是去動動高的汗毛看看。」

高二的某一天——那時我已洗盡鉛華沉迷於南胡（因為我聽說小韓又愛上了一位五燈獎的南胡擂台主）——高君和班上另一位同學在走廊打排球，恰好一位當時在校內算頗有來頭的留級生經過我們教室，更恰好的是高君正好躍身而起，剪腿挺腰擊出一個直直摜在留級大哥鼻樑正中的殺球。

我後來聽說其實當時我若是繼續留在教室裡裝死拉胡琴，高君還不至於陷入如此難堪之境。因為雖然留級大哥的手下已將高君團團圍住，但是蹲在地上的留級大哥（據說這一球正好擊破了一只大哥苦苦擠不出來滿是肥膿的青春痘）已揮著手叫他們不要為難好學生。

然而就在我聞聲衝出教室的同時，當初的豪爽承諾像穿越時空的回音，在高君心底響起，高君竟然撥開圍住他的諸手下，逕自向前，狠狠推了剛爬起身正要露出優雅寬容微笑的留級大哥，把他復推倒在地。

「不然你們是要怎樣！」

留級大哥一時之間，確實被身穿太子龍泡衣泡褲的高君唬住，以為他是個歸隱山林深藏不露的超級老大。如果這樣倒也罷了，高君竟然衝著我喊：

「大哥，就是這群癟三要找我麻煩。」

就在那時留級大哥望著我，原本錯愕惶恐的表情又變成了優雅的微笑。我在學校的名聲輩分和實力，皆是再再不及留級大哥的，他即便是不明高君的底細，也早對我有個譜。高君喊我大哥，不是自掀底牌嚒。

但是我機伶地不讓留級大哥有翻臉的機會，馬上賠上笑臉，向留級大哥及諸嘍囉敬菸。

「哈哈，攏是自己的人。來來來，呷菸，呷菸。殿文，快向大大哥道歉，賠一個不是，來。」

高君那時的表情像是誤把大糞當花生醬，嘖嘖有聲還美美地貪心地大吃了一口。

「大——大，大哥，我給你——賠、賠失禮啦。」

那一陣子，我也分不清究竟是高君膩著小韓還是小韓膩著高君，反正兩人已幾乎到了形影不離的地步。高君像個貼心的佞臣，不論台上台下都渾身解數地施展著惹人發笑的伎倆，不能否認，這一方面他確是頗有才華，況且不合時宜的顛倒胡扯戲謔，往往也給人一種具有更高級智力深不可測的錯覺。

小韓也他媽賤透了不管人前人後皆毫不遮攔地放聲大笑，我敢說我們這個組織的大多數人，也是因為這點，才屢屢對高君那種已近乎刻薄的嘲弄放棄反擊，甚至報以讚許的笑聲。我則暗中痛下苦功，模仿這個組織中最流行的修辭、術語和左右搖擺的立場，並且以若即若離的態度換取幾個核心人物對我的忌憚和揣測（當然我與高君和小韓的曖昧關係使他們對我不敢等閒視之），藉以提高自己在組織裡的地位。

同時我仍舊在每晚喃喃喚著小韓的名字打手槍，但是奇怪的是，腦中浮現的竟不是十年後這個真實的小韓的臉孔，而仍舊是十年前的她的模糊肉體的白色光影，而且我愈來愈驚恐於那個光影頑強地模糊下去，比重遇她之前更稀薄難辨了。

有一回，高君對我說：「我幾乎都要以為，她是不是愛上我了。」

我瞪著他那畏縮又諂媚的表情，幾乎是把自己的每一個指關節都緊握得咔崩作響，才壓抑下想把拳頭往他臉上砸去的慾望。這是一層帷幕，只要我撕開了它，他就永遠是個怯懦的小丑，而我也永遠是個臨陣把他遺棄的政客。高君似乎也和我保持著這個默契，不把這層帷幕扯下，或者是不由他，而讓我親手扯下。我怎麼知道他不是銜著我來呢？怎麼知道他不是窺知了我和小韓之間微妙的角色關係，而狡猾地闖進來攪局呢？

「哈哈，她都是這樣，都是這樣。」我貼己地說，並且親熱地摟住他的肩膀。

那次我們的組織參加了一個大型的學生示威運動。在事先幾個核心分子就愁眉不展地拿不定主意，究竟是參加呢還是不參加？因為我們這個組織一向就以沒有立場為立場標榜，所以才能每每對每一派系的破綻，提出游刃有餘的嘲諷，如果貿然加入，日後不是便給人描上了立場；但是動員這次運動的代表來邀請時曾大大捧了我們的組織一頓，什麼慕名而來、如雷貫耳，這可真是叫人難以拒絕哪。

最後還是高君的一句話和小韓誇張的笑聲使大家下定決心：

「就當作去看拜拜嘛，反正到時候攤位一定很多，有吃又有喝。」

但是那次的運動卻比想像中更像拜拜：台上的演說者痛心疾首又叫又跳地重複著祭文一樣的口號，台下的則善男信女一樣百無聊賴地哈欠連連。當初邀請我們的代表跑來尷尬地解釋說，因為已經進行了一整天，大家也都累了。況且革命是需要學習的，大家都缺乏學生運動的經驗，骨子裡還是嚴重殘留著被控制者憊懶投機的心態，我們這次運動一個真正潛藏的效果，將是在運動中教育了大家什麼是學生運動實則我們這次的運動真是困難重重又有國民黨動員的細胞和黨系學社摻入整個節奏自然是……。

正當那位代表口沫橫飛愈講愈激動的當口，不知孰先孰後台上台下皆發生了一些騷動：原來是一輛免費供應冷飲的車子不識時務地停在集會人群的一旁，大家自然是耐不住枯渴摩拳擦掌蠢蠢欲動，一開始是靠近邊緣的那些傢伙近水樓台地先圍了上去，後來整個廣場就亂啦；這時候台上不知何時一個意見不同的聽眾衝動地爬上台要搶著發言，台上那個原先自己快睡著的這時則頑固地捍衛著手裡的麥克風，兩個人便在台上扭成一團。

這時候，高君突然興沖沖地向我們說：

「此時最尊敬他們最具有啟示意義的動作是什麼？那就是脫光了褲子上台去裸奔。」

小韓立刻撫掌大笑，說：「妙啊，小高，你真是個天才。」

就在這一片氾濫著噓聲和掌聲的時刻，我突然有一種奇異的感覺，彷彿時間和舞台都不變，甚至連台詞都一樣，只是我們交換著戲服，我彷彿看見自己在全班的哄笑中，一張滑稽的臉被老師左右開弓的巴掌摜得狼藉難辨，每一瞬間我都慌張地不知要擺出悽慘的表情還是堅持滑稽。

「你敢嗎？」我說：「你敢上去裸奔嗎？」

「是啊，上去，」小韓這時滿臉通紅、呼吸急促，幾乎已到了歇斯底里的地步：「上去、上去，小高，我的天才，上去把褲子剝了。」

高君卻不理會她，異常嚴肅地望著我，「你真的要我……」就像是那個下午他不敢置信地絕望地望著我，帷幕終於被我扯下，我們的角色又還原成最初，無所遁逃。

我點了點頭。

「好。」他說。

我聽說高君那次的下場很慘，他被憤怒的學生代表和自治糾察們擡著，扒光了褲子巡場示眾。我並不清楚知道當時的實際情形，因為在高君衝上台，當著全體集會學生剝下褲子，露出他光腚腚的白皙屁股時，全場學生除了詫異，並沒有如預期中的哄笑和鼓譟，他們只是全部靜默下來。而高君在脫下了褲子之後，竟然像是不知如何是好，尷尬地怔在上面。這時我預感到結局可能不可收拾，便和幾個核心人物諮商，我們的組織提早退場。

當我設計並說服組織中的分子，以離開的動作報復高君的離開，我突然發現自己正以另一種方式，切入演繹父親晚年最後一幕甚至可能是唯一一幕真正的悲劇，我突然抓到了那一切將父親徹底摧毀的荒謬要素。

可怕的是，那一切初以為只是詫異大笑便可跨過的突梯滑稽，其實是乖謬到淒厲殘忍的地步，你只能咧著嘴被吊在那兒永無轉寰餘地地被迫大笑，直笑到淚淌鼻酸，還不得停止。

傳說父親十七歲那年，為了鄉裡一起原已無望官商勾結的冤獄，剃了光頭，領著鄉民數十，徒步半個省，在長江邊跪了三天三夜，終於使上面重新審查該案。這件事在當時十分轟動，據說南京區的警察署長還因此被撤職。

此事不知是真是假，但是另一件事是母親親自告訴我的：父親在台中一所太保高中當訓導主任的時候，也曾經憑著剃光頭而完成了一項壯舉。

就如同那個時代所有傑出的領導人才一樣，父親以奇特的講義氣論身手的方式，征服了他們學校大大小小的牛鬼蛇神：父親曾在朝會上以不計較後果為前提，將司令台當擂台，指名一個毆打老師的學生上台單挑；有一回還提了把木頭武士刀衝出校門把一夥校外來找他們學生尋仇的混混趕跑。總之，父親就以這種江湖道義替代校規的方式，狡猾地將學生馴服。

那一次，據說是學校附近的戲院，幾百張椅子的皮套，全給人用小刀割破，按例便想到我父親他們學校的學生。經理帶了一些兄弟來學校理論，罵天幹地也沒個結論，最後連狠話都撂出來了，說以後你們學生出現在我的戲院，出了什麼意外我概不負責。我父親心平氣和聽他說完，然後拍胸膛說會給他一個交代。

第二天父親神色凝重在朝會上宣布，說我們學校名聲太差，是我楊某人對不起大家，我知道我們的學生皮是皮，不會做這麼陰毒的事，為了給戲院老闆和栽贓的人一個交代，也為了自己的尊嚴，我在這宣布：明天開始，全校學生剃光頭，我本人也剃，明天朝會，我只要看見一個人沒把頭剃光，我楊某人就走路。

我不知道那是個什麼時代，我也不知道那時候是什麼東西在父親的靈魂裡騷動，使他像個賭徒一樣瘋狂地把注押在尊嚴和屈辱之間。不過母親說，那天父親回來，神色從容，話比平時多，還開玩笑說以後要靠妳養囉，然後去附近理髮廳理了個光頭。

第二天朝會，父親一踏上司令台，台下四千多個學生，一片肉澄澄的光亮頭顱，沒有一根頭髮。

就是從那回之後，高君開始自顧自地沈迷在消失的惡戲之中。

我是說半途離席。

高君回來之後，並沒有我豎脊等待的戲劇性攤牌，他繼續參加我們每一次的集會，但是明顯地成為角落裡不重要的聽眾。這一方面自然和他已不再出人意表地突發謬論或惹人發笑的嘲謔，主要還是因為小韓退出我們這個組織有關。小韓退出之後，大家才詫異的發現，原來從前高君那種盛氣凌人的氣勢，完全是建立在小韓毫不猶疑的笑聲上。

據和我咬耳朵的核心分子說，小韓是那天我們組織唯一沒有提早離場的人，也就是說她從頭至尾目睹了高君的慘劇。更不堪入耳的謠傳甚至繪聲繪影地說，小韓回來之後，卑賤地乞求高君讓她做他的情婦，但被高君拒絕。

這真是荒唐透頂。但是小韓終究是離開了，不過我竟然發現這對我來說並不是十分重要。我在組織中已成為許多重要決策最有影響力的人，我已成為真正的核心分子的首腦。況且我也發現我慢慢習慣並不可更改地滿足於打手槍時腦海中的白色女體，那確乎是十四歲的小韓，但和現在的小韓已經毫無一點關係了。

起先是組織中的成員偶然發覺高君在聚會進行過程中，默不吭聲地偷偷離開。初始我們甚不以為意，甚至嗤之以鼻。

「哼，不重要的角色。」

但是他半途離席的次數愈來愈頻繁，且離去的時機也愈難以捉摸，他甚至在集會開始主講人猶在輕鬆打屁地解釋這晚將展開的主題的起因時，他便莫名起身離去。這時他的動作已深深困擾著我們的核心分子們（尤其是那些經常發表演說的人），難道他是覺悟了更高的境界，覺得我們的談話庸俗不堪不屑一顧，但是他為什麼一開始又來呢？

「喂，楊君，你看看他是怎麼回事，這太瞧不起人了嘛。」

我開始暗中記錄起每次他離開時，大夥正在進行的對話內容。但是這似乎很難找到什麼觸發他離開動機的質素。那些對話背後的情境或價值觀，彼此南轅北轍毫不相關甚至互相矛盾。

甲：「某某教授真是蛋頭，我們一定要發動聯名把他搞定。」

乙：「得了吧，你別看他每堂課上小貓兩三隻，選課時他開的都是堂堂爆滿，學生就是賊，你搞走他，誰營養我們？」（高君離席）

丁演說：「如果生存只是被當下的存在以抓住或耽誤的方式決定著，那麼生存一向自信地鋪陳的情境和事件……」（高君離席）

丙在休息時間大家竊竊私語時放了個屁，全場突然寂靜了三秒，然後像是什麼都沒聽見

那樣地，大家又開始竊竊私語。（高君離席）

遲到的主講人戊滿頭大汗地跑進來：「對不起，對不起，準備好的稿子突然找不到，弄了半天，原來夾在書裡一起還給圖書館了。我說……」（高君離席）

我開始認真地思索高君這個簡單但不斷重複的動作的用心。他根本是為了離開而離開，無所謂更高的觀察角度和立場。我嗅到了邪惡的成分，戛然中止不容回應的舉動，其實正如父親剃光頭的方式一樣，是一種強使對方接受他所設計的情境，使對方置於懸空的錯愕和揣測裡，然後在對手措手不及的狀況下，強迫推銷原先不可能被接受的痛苦認同。

在我的策動下，我們的組織決定採用一種模仿他消失動作的方式，來報復他這種「不負責的、單向的攻擊行為」、「無節制地濫用終極情境」（我在緊急會議中激動地提出這點）。我們決定「集體消失」。

我們的計畫是這樣的：由我出面，邀請高君在下一次的集會中演講，題目自定，開始我有點擔心，但是他很乾脆地答應了，而且毫不考慮地將題目定為「離去」；如此我又擔心起來，不知這是巧合，還是高君洞悉了我們的計畫，而進行的策略。而後我們編排順序，定好暗號，準備在演說過程中，次第離場。

父親在他生命最後的那一段歲月，將自己沉入無聲的潭底。我猜他是不斷在心裡迷惑著，那時那樣做，是值得，還是不值得？其實在每一次冒險將尊嚴孤注一擲地擺在別人對他的戲劇形式入戲與否，我想他每一次必然都是在迷亂困惑中反覆地問自己：值得？還是不值得？

我一直以為父親的悲劇是源於無視觀眾的期待，突兀地將崇高的題材搬上了滑稽劇的劇場上。但是按母親的回憶，顯然他那次的失敗不是不自覺的，他似乎在事前，就知道必定以悽慘的鬧劇收場。

也許他心底猶抱著一絲僥倖；但是我知道，他其實是打定主意，這次擲下的，已不是所謂尊嚴和屈辱，而是必然的尊嚴，也是必然的屈辱。就像一個早倒了嗓的過氣演員，在最後一幕的告別演出時，他面對的，已不是台下的觀眾，而是由無數個記憶中的自己所收集的，必然的喝采和掌聲。

父親擲下的，是永恆的骰子。

那一次，是我接到的電話，父親學校的訓導主任（父親這時已在台北的一所五專開課講國父思想和中國現代史）措詞謹慎又吞吞吐吐地說，那個學生他記了大過，而且也交出了書面報告表示悔過，改日一定會向楊老師當面道歉。全校剃光頭的事實在是有技術上的困難，請楊老師不要衝動，再考慮看看，然後他發表了一篇他個人對楊老師過去英雄事蹟的傾慕之情。但是當我告訴他父親在家，請他親自和他說話時，他則聲調侷促地說，欸欸不必不必，只是麻煩你轉告一下謝謝，便掛了電話。

原來是那天父親正在課堂上慷慨激昂地回溯著他們的弟兄當初如何在彈盡援絕之際九死

一生地逃離共匪的魔掌時（父親常因健忘而不斷在課堂上重複他以為還未說過的驚險事蹟），一個坐前排蓄長髮的學生，竟然誇張響亮地打了一個哈欠，然後闔上書本，在駭呆的父親和從瞌睡中驚醒的學生的注視下，大搖大擺離開教室。

父親呆怔了半晌，被推至極端的處境使他不知該視若無睹無動於衷，還是要硬著頭皮強撐怒氣，好好教訓台下那些精神振奮看熱鬧意圖遠甚於為師道不平的年輕人。

父親問台下的學生：「那個女孩子叫什麼名字。」

被問及的女生掩著嘴笑著說走出去的是個男的，只不過他留了長髮。

頭髮的意象喚起了父親的靈感，像一根木頭漂到快被淹溺的父親身旁，父親毫不猶豫地抓起了它，幾乎像倒背如流地誦起台詞：

「今天會發生這樣的事情，是我楊某人對不起大家，為了給大家一個交代，也為了大家的尊嚴，我在這裡宣布：明天全校男生都剃光頭，我也剃，只要有一個人留著頭髮，我楊某人就走路。」

我把他們學校訓導主任的電話轉告父親時，他正一個人默默對著瓶酒，自斟自酌，「嗯、嗯、」他回答我。

那天晚上，父親一個人踉踉蹌蹌，到理髮店，把滿頭花白頭髮，給剃了光。

第二天傍晚，父親面容滑稽，頂著光頭回家。果然全校沒有半個學生理頭，並且在每一堂下課的時候，學生們起鬨著圍在教師休息室外面，爭相目睹父親的光頭。

從那以後，我父親便沒再留過頭髮，並且頑固地把自己封閉在沈默裡。

我清楚記得八歲那年光復節的下午，我被一個禿頂的老人拐至一間鋁皮小屋，而且始終沒能脫困出來。我幾乎能一一描繪那天的氣候、光影，以及那些人對我說過哪些話，一切清晰如昨。但是這段記憶便中止於此，和後來的回憶接連不上。

我總是憂心忡忡，既然我清楚的知道我當時並沒有逃離出來，那麼如今的這個我，這個暗藏了這段回憶的我，究竟從何而出？

我似乎註定背負著這一段懸空的記憶，永不得安止於任何一個角色，我總是懷疑地問自己：「如果八歲的那個我當初逃出來，該不是今天這個模樣吧？」

我父親在他最後一次重施故技剃了光頭呆立在全校黑壓壓沒有人剃頭的司令台上時，心中一定百感交集，似乎他這一輩子的身段唱腔，從他第一次剃光頭的時候，便已被牢牢固定。那是一種永無休止的傾軋：一方是意圖以對方承受極限之外的動作，迫使對方接受他所預期的感動效果；另一方則以漠視、反叛或使其滑稽，來逃離前者所規定的感動。

那晚我到達我們的聚會時，高君已開始演說了，他看見我進來，停頓了一下，又迅速地把臉低下，好像是專注地看著面前的稿子。我則選了一個角落的位置坐下，向回頭用眼神詢問我的核心分子們做手勢，表示他們可以開始慢慢離場了。

「我們似乎曾經在電影上或是電視劇甚至漫畫上看過這樣的鏡頭：在一個葬禮結束後的月台上，死者的親人（通常是母親或老態畢露的姊姊），朋友、妻子、情婦，全被一種悲情的處境縛綁在一起，各自感性又詩意地回憶著死者是個多麼正直又溫柔的人物，他們輪流地講敘著他們各自與死者共同經歷過的一兩件溫馨的往事。我們可以感受到這些對話之中包含著炫耀和虛榮的成分，不過那並無可厚非。事實上到後來我們會發覺這些炫耀的成分反而是撐持著原先的悲傷優美氛圍使它不致完全崩壞的要素……」

第一個人起身離開的時候，高君的反應遠超過我們的預期，他竟然像是完全忘了台詞那樣呆站在台上。難道他連一個聽眾離去都無法忍受，我這時有點緊張，我害怕他太早察覺我們的計謀而使我設計的充滿張力的報復，會令人洩氣地提早結束。於是我緊緊地盯著他，並且給了他一個鼓勵的微笑。

但是高君這時已無暇注意到我，因為第二個人、第三個人已站起身來，陸續離場，這比我們原先安排的間隔快太多了，我想是他們也發現了高君可能隨時中止演說的危險，於是自動調快了離場的節奏……，很快地，第七個、第八個、第九個人都已離開，高君陷入極大的恐懼之中，但是他好像在那一瞬間頑固地作了一個決定，他跟隨著離場速度愈來愈快的聽眾，把自己演說的速度調快，最後竟像是憋著氣在繞口令一樣：

「詩意的崩毀反而來自於他們對於死者這一瞬間的善意和信任。死亡淨化了他們與他生前一切的欺瞞、蔑視和厭倦。他們因為死亡……，因為離開（高君自此處開始語不間斷）遺忘了許多死者的惡癖這些惡癖不過在數天前猶令他們無法忍受到詛咒他為什麼不早點滾入地獄的地步就在哀傷開始變質敗壞他們開始又憶起死者的粗鄙自大自私時我們的鏡頭便跨過前景原先一片模糊的背景出現了一張長條木椅上頭坐著一個人……」

台下的聽眾繼續在離開，有的在起身時誇張地打了個哈欠；有的則面容窘促，抱歉地向高君笑了笑。高君仍是中邪禱咒一樣念著他的演講稿，我這時突然覺得寂寞極了，彷彿這些被我策動離場的人們在一一離開高君的同時，也正離開著我。我突然想起八歲的自己至今仍絕望地留在那間鋁皮屋子裡擂打著門窗，這以後的自己或者是不忍卒睹或是害怕被人厭膩而屢屢提前離場，結果愈來愈遠……其實我們都只是在下注罷了，當我們意識到原本的悲劇身段在一瞬間完全變質成無法停止無法遮攔的爆笑時，父親和高君皆悲壯地朝最後唯一可能大贏的情況下注——更高的悲劇形勢——他們頑固懷著已憊疲不堪的自尊，硬著頭皮在每一個嘲笑的期待下跨出每一步。

我則是護住老本，卻永遠逃離不了這種小喜小悲拉鋸的平俗庸瑣。

「……我要說的就是這個鏡頭這個不曾以他的個性人格語言來干擾畫面中戲劇張力和對話心機的人物但是他的出現卻確實造成整個鏡頭意義的改變。

「我要說的，是他的離開。他自畫面的離開。」

當我站起身時，所有人皆已離去，只剩下高君和我，隔著一屋子空空蕩蕩的桌椅，相對注視。

「讓我去死！」高君這時突然用很不適宜的聲調哭了起來，並且像個手段用盡無計可施而開始耍賴的小孩那樣，跌坐在講台上。

「讓我去死，」他喃喃地說，一邊還甩著頭蹬踢著腳，「讓我去死。」

我像是在一場氣氛肅殺，屏息相峙的對決中被對手用無恥小飛鏢射中的高手，雖然我知道高君這樣的動作是發自內在的孤單和害怕，但仍深深覺得受到侮辱，我明白原來父親臨終說我逃不掉的，並不是錯置後的醜化；而是後面的，對悲劇形式的迷惑和捍衛。我動輒嗤之以鼻冷嘲熱諷，其實是忠實地在期待真正的悲劇，最後的悲劇。我是多麼無法忍受這種低級形式的悲劇啊。

「不要哭了。」我麻木地安慰著高君。

「讓我去死，」伊只是不斷地、負氣那樣地重複著，「讓我去死。」伊說。

他突然湧起一股巨大無可抑遏的厭煩，甚至不再是勸阻不勸阻的問題，他發覺自己再也沒有一丁一點的耐性，再任這幕乏味的劇，無節制地拖延下去了。

「讓我去死。」伊又單調地咕噥了一句。

他想起很遙遠以前的一個晚上，他和大學的幾個朋友，在宿舍意氣風發地豪飲，尖笑地踢正步喊口號，從國歌唱到東方紅。那還是在屠城之前，所有人都樂觀地以為，這一次中國真要站起來了。他想起那晚他突然一陣反胃，油豆腐滷蛋豬頭皮全和滿肚子啤酒酸湧到喉頭，他默不吭聲離開眾人，到廁所吐了一馬桶。

那天晚上，他垂耷著頭蹲在馬桶邊，無意識地看著自己的口涎沿著舌尖嘴角有一陣沒一陣滴落。他似乎睡著了一會兒，醒來的時候，就著廁所燈泡的黃光，像是特寫鏡頭那樣地，看見一隻白色的蛾子，在浮滿了他適才嘔出穢物的糞池裡，微弱地掀翅撐扎。

一種莫名的移情作用使他在那一瞬滿漲著仁民愛物的襟懷，他走回宿舍，依舊默不吭聲地拿走一雙筷子，開始蹲在馬桶邊，細心地打撈那隻淹溺在酒餿穢物裡的蛾子。

但是那隻蛾子竟像貪戀起自己沉溺的狀態一樣，死命地打轉避開他從旁挑撥的筷子，他耐性地將筷子在糞池中攪動，幾次已經將它黏著在筷端，才舉離水面，它又頑強地掙跌回去。

他不記得那晚他獨自一人在惡臭撲鼻的廁所蹲了多久，最後他感到厭煩無比，想把這一開頭便愚笨不堪的舉動停止。

「你去死吧！」他憤憤地站起身，用力拉下抽水馬桶的尼龍繩水匣。

文學的經典·永遠的黃書背

月球姓氏

駱以軍◎著

開啟了台灣下個十年的
家族史寫作浪潮！

聯合文學

文學的經典・永遠的黃書背

安卓珍尼

董啟章◎著

百科全書式風格的開端，
辭典小說的原型！

聯合文學

國家圖書館出版品預行編目資料

紅字團 / 駱以軍 .—
三版 . - 臺北市 : 聯合文學 , 2019.11
162 面 ;14.8×21 公分 . --（聯合文叢 ; 052）

978-986-323-326-8（平裝）

863.57 108019642

聯合文叢 052

紅字團

作　　者／駱以軍
發 行 人／張寶琴

總 編 輯／周昭翡
主　　編／蕭仁豪
資深編輯／尹蓓芳
編　　輯／林劭璜
資深美編／戴榮芝
業務部總經理／李文吉
行銷企劃／邱懷慧
發行專員／簡聖峰
財 務 部／趙玉瑩　韋秀英
人事行政組／李懷瑩
版權管理／蕭仁豪

法律顧問／理律法律事務所
陳長文律師、蔣大中律師

出 版 者／聯合文學出版社股份有限公司
地　　址／(110)臺北市基隆路一段 178 號 10 樓
電　　話／(02)27666759 轉 5107
傳　　真／(02)27567914
郵撥帳號／ 17623526 聯合文學出版社股份有限公司
登 記 證／行政院新聞局局版臺業字第 6109 號
網　　址／http://unitas.udngroup.com.tw
E-mail:unitas@udngroup.com.tw

印 刷 廠／沐春行銷創意有限公司
總 經 銷／聯合發行股份有限公司
地　　址／(231)新北市新店區寶橋路235巷6弄6號2樓
電　　話／(02)29178022

出版日期／ 1993 年4 月 20 日　初版
2019 年 11 月　三版一刷
定　　價／ 250 元

ISBN 978-986-323-326-8（平裝）